LASCAS LASCADAS

Lídia Domingues

Coordenação editorial: Sálvio Nienkötter
Editor-adjunto: Raul K. Souza
Editoração: Bárbara Tanaka
Capa: Paula Villa Nova
Produção: Cristiane Nienkötter e Maria Luiza Carvalho

Dados Internacionais de Catalogação na Publicação (CIP). Andreia de Almeida CRB-8/7889

Domingues, Lídia
Lascas lascadas : algumas mais que outras / Lídia Domingues. -- Curitiba : Kotter Editorial, 2019.
132 p.

ISBN 978-65-80103-09-6

1. Contos brasileiros I. Título

CDD B869.8

19-0444

Texto adequado às novas regras do acordo ortográfico de 1990, em vigor no Brasil desde 2009.

Kotter Editorial
Rua das Cerejeiras, 194
82700-510 | Curitiba/PR
+55 41 3585-5161
www.kotter.com.br | contato@kotter.com.br

Feito o depósito legal
1ª edição
2019

LASCAS LASCADAS

algumas mais que outras

Lídia Domingues

KOTTER
EDITORIAL

sumário

$R^2ab \leftrightarrow R^2ba$..., 9
A estátua gaguejava, 15
Filosofia X Literatura = Pirulito, 19
Ajuizar, 25
Para hoje: cobaia, 27
Afeto, 31
Ptolomeu, 35
Ondas, 37
Objetos, 41
Gargalhar, 43
Prova, 47
Mestrado, 49
Seminário, 51
Ritual, 57
Caso do acaso, 63

Haciendo ahora, 67
O que era, 71
Cinema, 75
Homo sapiens, 79
O centro concentra, 81
Status, 83
Bosque do Papa, 87
Reza fervorosa, 93
Sapato boneca, 97
Sensualidade ignorada, 101
Cinderela PP, 105
Infinitas possibilidades, 109
Quase nativos, 111
De belas, feras e falências, 115
Radiografia, 123
Arcanjo, 129

$R^2ab \leftrightarrow R^2ba$...

João e Maria amam-se. Aplicando a fórmula lógica. Não pode ser João ama Maria, ou Maria ama João e menos ainda que necessariamente amem-se. O João e Maria amam-se. Deve ser mais claro e objetivo que isso. Sem sofrimentos e complicações com o que é sintático ou semântico. A lógica e a autoconfiança podem ser interpretadas de maneira errônea num mundo competitivo como esse e claro, essa mais do que aquela, quando ainda nos preocupamos com o que o outro pensa. E nos importamos sim. Queremos ser aceitos. Essa ainda é a grande necessidade dos humanos. Amar e ser amado, tanto faz. É quase que fantasia, mas ser aceito é fundamental. Mais ainda, aceitar-se. Descobrir sua linguagem com o mundo, seus limites e limitações e, mesmo com medo, ir. Repetindo, refazendo, reconstruindo e finalmente transformando o que for necessário. Se, e somente se. Mesmo que Maria e João possam não amar-se ao mesmo momento e tempo. É necessário e suficiente seguir e observar, aprender não é necessariamente o necessário, podemos deixar de lado se for mais interessante e apropriado. Adequar-se me parece necessário e pronto. Ponto.

A imagem do meu pai, típico cara legal, de boas mesmo, me perguntado na maior calma: que porra mesmo é essa que você vai estudar na faculdade? Para que serve? Ainda me é muito engraçada. Assim como foram divertidas as dissertações do professor, e claro, sem a mínima possibilidade de haver uma resposta coerente na primeira aula sobre Lógica I. Aliás, essa era a ideia. Simbolismo de Freire. Aristotélica. E o pior, no meu caso: "Sofrerá quem não gosta de matemática. Será fácil para quem gosta. E os que ficam no meio termo, tanto faz, ficarão no meio termo". Coerência. Realidade. Contradição. Se A, então B. A é condicional suficiente para B. B é condicional necessária para A. Portanto, A somente se B. Sem falar: se chover molha! Mas não chove se molhar.

Reflexões de necessário e suficiente. Setenta pessoas prestando a maior atenção e também, rindo muito com as elucubrações alheias. Mas havia algo que me chamava mais atenção: a mão direita do professor no bolso da calça. Acredito que depois daquela fatídica foto, cada vez mais encontro homens que acabam ficando com a mão direita no bolso da calça jeans. Sei que terei que alcançar alguma explicação para isso, porque com certeza acabarei encontrando essa cena milhares e milhares de vezes. Parece ser um hábito masculino nesse mundo acadêmico daqui, no meu mundo masculino de lá, me passava despercebido. E lá vou eu observar e observar. Repetir e Repetir, mas vou descobrir e assim, esquecer o porquê.

Continuava me perdendo em algumas aulas e em muitos meninos. Sabia que esse momento e essa ciência (?), estudo, ou pensamento não era para resolver minhas questões pessoais. Divagava nas discussões que devem ser apenas a lógica interna dos afetos de Espinosa. E o professor de Filosofia Geral me apareceu com o medo=esperança. E nunca havia pensado no medo=esperança e menos ainda, esperança=medo. Só que faz sentido. Se pensarmos bem a possibilidade que um ou outro exista podem nos causar esperança ou medo. Alívio, ou dor. E com absoluta certeza somos infinitamente mais próximos nas semelhanças do que nas diferenças. Apenas a esperança é uma paixão mais triste.

Parecia ter descoberto uma nova formula capaz de dar sentido a muitas equações indecifráveis. Fiquei animado e crente nas verdades humanas, então me deparei frente a frente com meu afeto antigo: raiva. Ou melhor: externar minha raiva. E embora possamos entender quando uma pessoa diz "tenho medo de algo" e entendemos imediatamente por que afinal o medo já é uma palavra que se faz entender, a raiva não conseguimos partilhar da mesma forma. Por que esse afeto é preciso ser mostrado e suas origens são diversas e muito pessoais. Psicanálise, diria minha irmã.

Apenas gostaria, somente por um dia, externar com escândalo minha raiva. Ser uma daquelas mulheres bem barraqueiras, como mostram nas telenovelas, aquelas que jogam o cabelo para trás, levantam o queixo com as mãos na cintura peito e gritam suas razões. Extrapolam todas as medidas. E mais do que tudo: batem todas as portas que encontrarem pelo caminho. Ou também, ser aquele homem que é agressivo no trânsito, o que soca e cospe no chão, por qualquer olhar ou esbarrão alheio desconhecido, gritam e xingam desmedidamente. Ainda necessito disso! Mas não consigo. Sigo acreditando que é necessária uma coerência em tudo. Os argumentos devem ser suficientes para o debate, mas aí está o grande erro, por que a lógica da raiva explosiva e externada, que tanto quero, em noventa por cento dos casos, é a falta de razão e de argumentos.

Não é preciso estar certo para um ataque histérico. Menos ainda quando se é jovem e gay, falaria minha mãe rindo, porque sabia dos meus questionamentos desses estereótipos. Somente é preciso apenas mostrar que está com uma imensa raiva do que está acontecendo e coberto de razão no chilique. Demonstrar da forma que for possível. Visivelmente. Ahh quebrar um vidro... um prato... vários celulares... o computador!! Que maravilha seria. Não consigo. Resta-me apenas uma grande frustração e sensação de injustiça e fracasso eterno. Sofria sempre e voltava à aula, parcialmente, é claro.

Tentar uma causa adequada para um efeito desejado. Isso parece bem simples quando se trata de agir. E se temos apenas que operar? Era sempre aqui que mais divertido meu pai ficava. Coisa de doido isso meu filho! Veja que sua irmã é uma excelente advogada, pensa melhor. Sua indignação com a escolha universitária do filho era uma grande incógnita. Com a opção sexual nunca foi.

A estátua gaguejava

Quando se vai estudar filosofia antiga é claro que pensamos em Platão! Mais do que os outros dois: Sócrates e Aristóteles. "Lembra sempre do SPA. — Simples assim. — disse minha amiga. Na ordem certa. Sócrates, Platão e Aristóteles. Ri muito. Mas ela falou com tanta sinceridade e simplicidade que acabei gravando. Igual regra de cursinho pré-vestibular. E ainda ficou mais fácil quando o professor chegou na sala com as mãos para trás, cruzadas nas costas, a cabeça baixa e o caminhar lento. Na primeira aula ele não apareceu e todos, alguns do lado de lá e alguns do lado de cá da sala, fomos tomar cervejas e descobrir nosso mundinho de alunos.

Boa essa vida de bar. Mas hoje não. Hoje ele veio. Atrasado alguns minutos, mas veio. Sério e controlando sua séria gagueira. Perfeito. Sua barba é tão impecável quanto à de uma estátua grega. Platão! Não. Quis nos confundir. Contraponto. Sério e ridículo. Sério e irônico. Qual vida? Qual corpo? Aii cansei! Não poderia enfrentar o óbvio assim no seco. Ele realmente vai tratar Platão como um mito. Verdade absoluta. Nesse sentido de mito. Ai tão óbvio! Não sei bem o que queria, mas era algo melhor do que o óbvio, mas lá estava. E pior: não há mais as infiltrações em forma de pau na parede!

Pareceu-me já visto (não os paus, mas a figura do professor). Era conhecido. Sim, ver de rever. Já saber. Estátua. Ele é uma perfeita estátua grega! Isso. Romana pode ser. Seus gestos são calculados. Mãos nos bolsos da calça jeans. Mãos segurando o queixo. Mãos apoiadas na cintura. Tudo muito bem programado. Batman. Batman. Batman. Que chato. Filosofar é morrer. A sua primeira verdade é verdade. Servil ou nobre. Filosofar é morrer. Notório!

Sei que sou abaixo da mediocridade nesse assunto, mas esperava mais, exatamente por isso. Nós os ignorantes queremos mais. Não é preciso tragédia. Mesmo dizendo que tragédia não é o mesmo que um drama romântico, não passa disso. Quero só o pensamento. Não precisa gestos. Deus? **λυμπος**? Estátua? Filosofar é morrer. A estátua não para de gaguejar.

Pensando em outra estátua fiquei triste. Distante e indecifrável era essa estátua. É preciso atravessar um oceano para vê-la em praça pública, na verdade ela é daquelas que chamam de viva. Não pede um centavo e também não gosta do público que a cerca, mas está lá. Estátua que observa mais e julga muito, aliás, condena sempre. Marcou-me muito sua condenação.

Fugi de medo e vergonha, mas antes me escondia pelas ruas e falava sozinho pensando que a qualquer momento e em qualquer esquina ela estaria pronta para rir de mim, mover-se apenas para me apontar o dedo da condenação. Dava-me pavor. À distância não me fez parar de ter medo de sua forma fria. Permitia-se ser tocada, mas não gostava. Teria medo ou dúvida? Nunca saberei. Estátuas, mesmos as que são vivas, não nos contam seus segredos.

Filosofia X Literatura = Pirulito

Sou a mais velha aqui e também, a mais despreocupada com os objetivos e resultados. Ouvir meu professor lendo o capítulo 6 – a Alegria do Mal – do livro II – Os Pecados da Adolescência – de As Confissões de Santo Agostinho me maravilhou. E não foi pela obra fantástica escrita em 400, mas pela beleza da fragilidade humana exposta de forma tão impetuosa. Vaidade mais raiva. Essa força motriz o levou pela sala toda, em meio aos alunos, com o livro aberto em sua mão direita, com a esquerda ao alto, acima da cabeça e a voz postada como a de um tenor que sabe sustentar a interpretação correta e forte da verdade. O grupo silenciou com a humilhação alheia e o bobo daquela corte lá na frente olhando.

"12. Que Amei eu, miserável, em ti, ó meu furto, crime noturno dos meus dezesseis anos? Não tinhas beleza alguma, pois eras um roubo! Mas és realmente alguma coisa, para eu me dirigir a ti?"

Claro que nesse momento pouco me interessava saber do mal pelo mal, ou do mal pelo bem. Nada de pera, maça ou laranja. O que me encantou foi identificar naquele homem adulto a raiva de um adolescente. E entender que ele sucumbiu a essa raiva com uma controlável força. E nada é exagero. Posso jurar! Ver um professor debatendo com um aluno que o enfrentou, foi uma cena única naquela noite. E não houve falta de respeito em nenhum momento, de nenhum lado. Era apenas um aluno novo dizendo que havia entendido o texto e um professor mostrando que não era a forma correta de entender e menos ainda de ler aquele texto. Contrassenso. E por isso a raiva ficou evidente. E belíssima.

Essas aulas sempre me fazem entender melhor a filosofia, mesmo isso parecendo óbvio, não o é. Também, me faz entender mais do humano, mesmo isso não sendo lógico numa aula de filosofia. Nada de questões emocionais no debate filosófico!!! O importante é que as pessoas estão lá e suas emoções sentem-se libertas. E observar no outro é mais fácil do que soltas em mim. Ainda tornar-me-ei (lindo isso!) especialista em ser meu observador maior. Diversas pequenas emoções na emoção maior do momento que é a raiva. Em mim e nele. Nos outros também. Embora, é claro, ainda não consiga externá-la da forma e tempo correto, corporificado neste espaço acadêmico. Já não fico entre extremos, aparentemente. Vou escolher meu livro ou minha extensão de voz na ópera preferida.

Vivo em dois grupos, nesse meu retorno tardio aos estudos. E fico dividida entre eles: da literatura e da filosofia. São totalmente diferentes! Embora, tenho que confessar que na literatura somos mais soltos. Rimos mais. Consideramos e competimos menos (será?). É uma delícia. Pouco nos importa qual a origem do mal ou do bem o importante mesmo é saber que houve um sentimento maior do que tudo e que podemos usufruir disso sem necessidade de disfarçar. Somos o que somos. Venha Mário de Andrade, Cecília, Neruda, Clarice, Fernando, Graciliano, Raduan, Saramago, Flaubert. Pode entrar Doors, Raul, Stones, repentistas de Pernambuco, Janis, Chico, Tom Zé e quem quiser. Pode até filmes, séries, documentários, saraus, feiras e miçangas.

Serei um Mecenas! Decidido. Meu castelo será enorme e sem móveis. Os espaços serão preenchidos por livros e folhas espalhados pelo chão, telas e mais telas em construção, música. Muitas palavras. Poemas. Poemas até cansar. Poesia Salva! E mais do que tudo: seres errantes, errados, marginalizados, dependentes ou independentes. Perdidos. Desconcertantes. Encantadores. Belos sonhos a literatura inspira! Mas ainda não terminei com a origem do mal e o poema Sobre o desastre em Lisboa, tenho que entregar duas laudas na segunda-feira... aaahhh Voltaire!!

Voltamos ao acaso subjetivo e a relação com a magia, o inusitado. Coincidência significativa. Ombros de champanhe. A musa que ultrapassa a condição de mulher, portanto humana. Tudo bem até que chegamos a Simone de Beauvoir e Sartre, João Cabral de Melo Neto e Marly de Oliveira. Aí descambou para o feminismo em contraste com a abnegação de mulheres cultas e inteligentes que se subjugaram a homens de talento sim, mas acima de tudo homens egocêntricos, mimados e inaptos às tarefas diárias por serem classificados como pensadores e com direitos de serem amparados por essas mulheres. Todos em sala esqueceram o surrealismo de Breton, o humanismo de seres com direitos iguais e ficaram com um feminismo totalmente desconexo, cada um tinha o seu. Melhor ir embora. A incoerência nas falas nos afastaram da proposta de escrita do dia. Elas, as pessoas que queriam discutir os diversos gêneros de classificação do escrever de todos os seres passados e futuros, transformar e providenciar uma releitura correta ao correto. Queria apenas escrever.

Corri à aula de filosofia moderna. Decartes na veia. Não pensar a filosofia através e somente como partes e sim como um sistemas através delas. A paixão pelo prático. A luz natural da razão. Todos alegres com o reencontro. Mesma sala com pintura nova escondendo os diversos tamanhos do falo poderoso. Professor animado, mas perdido com as médias anteriores e todos rindo muito com os hieróglifos (não eram palavras possíveis de decifrar) do outro professor. O jeito era rir. Delícia de retorno às aulas. Dessa vez a turma da filosofia foi melhor. Dez a zero em relação ao primeiro grupo de literatura.

Me instalo na alegria de uma senhora despreocupada na minha divisão entre amores e Ele ataca novamente: o mestre e sua filosofia geral. Foi mais um espetáculo. E mais livros! Consegui entender muito dele. E sim, pouco me interessa a filosofia geral, mas como esse homem acumula tantas informações. Entendo e admiro, agora, sua paixão pelo livro. O aspecto físico. Ter em suas mãos. Acumular muitos. Conheço esse sentimento. Preservar e proteger de quem não entende essa relação. Ele gosta de poetas tão comuns que a grande maioria nem imagina. Até por que os poetas não são comuns à grande maioria.

Respeito seu conhecimento e seu esforço dedicado ao entendimento da filosofia. Mas confesso, ele me pareceu simples e fácil. Aliás, os homens das letras são assim. Os apaixonados por Pessoa, Poe, Drummond, Baudelaire, Augusto dos Anjos e claro, Rimbaud: o deus menino da poesia que vira mercenário em África. Há aqueles que enxergam poesia em Hemingway, seu rifle e o whisky, Espinosa, Kerouac (no caso desse menino em especial, o mais invejado usurpador dos beats), Machado (amada Capitu!), Foucault, Luiz Pacheco, Flaubert (Emma chata!).

Todos fáceis e simples de entender. Não de conviver. Isso jamais! Principalmente os que gostam mais da vida deles que de seus escritos. Criam uma vida paralela e imaginária demais para a realidade dura e crua do mundo contemporâneo. São Zés Ramalhos...meninos infelizes... fascinam-me. Quem ganhou com tudo isso fui eu. Uma delícia. Ganhar nessa situação é aprender mais, dividir mais. A humana sapiência. ♫ **"Criança feliz, feliz a cantar, alegre embalar seu sonho infantil"** ♫ Era como ganhar pirulito após o exame de sangue! Universidade é melhor que botóx, colágeno e lifting juntos! Renova a alma e saímos lindas, curtindo com os amigos novos, jovens e cheios de vida pela frente.

Ajuizar

Basta ajuizar bem para bem fazer, e julgar o melhor que nos seja possível para fazermos também o nosso melhor.”

Se Descartes disse com certeza deve ser. Então o melhor que há é fazer o melhor possível para o meu melhor momento. E deixar de lado o mau juízo de tudo a minha volta. Vivi de mau juízo. Verifiquei isso de diversas formas. Analisei tudo em todas as formas possíveis. Estou sintetizando. Já enumerei. Agora é seguir. Deixar de lado. Se ele disse foi testado. Se ele disse é possível. E não paro de pensar que é o certo e o melhor a fazer. Vou fazer. Ajuizando bem. Julguei o que é melhor nessa história. Eu posso. É minha. Nada de condenação. Sintetizar. Enumerar. Descubro que é o melhor. Não fugirei mais do melhor que posso fazer. Não há dúvida. Ando julgando bem e melhor de tudo: não me condeno em nada. Então, se ele disse com certeza deve ser.

O juízo de escolher. A vontade não. O Poder maior nos concede, embora nos limite do conhecimento. É preciso conhecer a verdade e assim escolher com liberdade. Não confundir liberdade com livre arbítrio. E pensar liberdade sem livre arbítrio. Verdade. Conhecimento. Entender para escolher. Consequência e acaso não. Casualidade nem pensar. Apenas conhecer e entender. Tento isso o tempo todo. Será? E julgar segundo a verdade não utilizará mal o livre arbítrio? Podemos formular um juízo claro sobre algo e acreditarmos que isso é conhecimento, mas estar totalmente errado. Então o conhecimento é restrito? Ou o erro é determinado?

Não escolhi entrar no carro. Apenas fui. Não havia conhecimento do caso. Nem discussão. Nem liberdade. Nem vontade. Menos ainda casualidade. Sair de lá foi uma escolha desesperada. Medo mesmo. Sem esperança. Sem afeto triste. Imóvel. Além de mim. Provavelmente é aquela imperfeição do Maior me conceder a liberdade de dar juízo ou não a certos acontecimentos. Mas aí vem o fato real de que em mim está a imperfeição de usar corretamente meu juízo. Era vermelho escuro. Ouço apenas, e sempre, o barulho das portas sendo travadas. As quatro. Isso jamais vai sair de minha memória que imperfeita por causa aprenderá por efeito. Aprendi como não mais falhar. E isso é conhecimento? Nem vontade. Nem liberdade. Não confundir liberdade com livre arbítrio. E pensar liberdade sem livre arbítrio. Verdade. Conhecimento. Pode ser uma possibilidade, mesmo não sendo uma escolha.

Não gosto de carros. Disso sei sempre e tento ajuizar.

Para hoje: cobaia

Mais um grupo. Mais uma lição e exercício da escrita. Parecia uma sessão de terapia. Ou melhor, era. A pesquisa será realizada por mestrandos em psicologia. Senti-me um rato. E com certeza era vista assim. Cobaia. Voluntário. Tanto faz. Só assina quem aceitar e quiser participar. Queria escrever. Saber novas histórias. Rir. Isso seria bom! Mas não foi possível. Era uma sessão de terapia. Grupo triste. Sofrido. Era o que tinha pra hoje! Mais divertido na clínica. Mal conseguia acreditar em mim ali. As folhas em branco na minha mesa. As folhas em branco na mão da pesquisadora. Todas queriam falar, porque todos não queriam. Eles nem apareceram! Cotas. Vestibular. Prouni. Enem. Ônibus. Arrogância de quem sabe mais na universidade pública. Submissão de quem não sabe nada. Calouro do colégio público. Pedestal ao pós-doc. Não havia uma chave na porta. Só um cartaz.

Vou fugir, já sou um rato treinado. Não encontrei a saída. Sem placa. Era pesquisa de campo. Docente. Discente. Decente. Rato em construção. Melhor fugir enquanto é tempo! Lugar de maluco! Era o que diriam naquela clínica. Lá era mais divertido, principalmente quando entendemos que é a melhor das três definições:

Alcoólicos Anônimos: só por hoje.

Filosofia (alguns filósofos!): este é o melhor mundo possível.

Clínica psiquiátrica: é o que tem para hoje.

Qual escolher? Um? Nenhum? Melhor juntar todas as citações e deixar de lado os conflitos que surgirem. Morais, naturais ou existenciais. Ou, como naquele momento, as discussões sobre a real liberdade do homem: Leibniz x Espinosa. Era muito! Ainda com aquele frio cortante em meu rosto e o gosto ruim de conhaque vagabundo que aceitei com a maior facilidade da mão do lindo menino e sua horrível barba. Confesso que das três citações a segunda me parece a mais próxima do real. Ou talvez, a mais humana.

Num ambiente onde a exposição da fragilidade pessoal e alheia é tão dominante como numa clínica psiquiátrica, entender a constatação de o que tem para hoje é exatamente o melhor para seguir em frente é também, entender o mais leve. Não há necessidade de profundos debates se é ou não o melhor mundo o que vivemos, apenas se for ou não o melhor é este o que temos para hoje. Alegrias.

Lágrimas. Todos os sentimentos reunidos. Um verdadeiro alívio! Somente viver o dia. Sair da cama, caminhar, errar na escolha, dançar, xingar, sorrir, calar, fazer o que tiver que fazer e talvez, até aceitar que não sabemos mesmo como ele pode ser. Só sei que nada sei é perfeito (valeu Sócrates!). Hoje é o que está acontecendo de melhor ou pior e muitas vezes não temos tanto controle assim sobre esses acontecimentos. Não precisa ser tão pesado, nem tão descuidado, apenas vivido na proporção exata. Isso basta num dia só. Foge rato!

Afeto

Detesto Benedita quando pessoas subestimam minha capacidade de compreensão, ou pior: quando acreditam sinceramente que sou estúpida suficiente para acreditar no absurdo que estão contando. Isso não me acontecia há algum tempo e fiquei muita puta! Vontade de usar todo meu arsenal de sarcasmo (que não é pouco) e acabar com a pessoa assim, na frente de todos que estão a nossa volta, mas recuo. Faço de conta que aceito. E nem sei bem por que faço. Sou educada. Não gosto de confronto. E realmente tenho preguiça desses que acreditam serem inteligente, mas tão inteligente, que curtir com a cara do outro é quase como vencer uma fase no jogo online que são viciados. Raiva. Mas sei que no momento certo vou revidar. Preciso apenas de mais informações e conhecimentos para o debate, aliás, para o massacre, porque é o que faço!

Acabar com pessoas assim, que me tratam dessa forma, é uma especialidade discreta e bem direcionada que aprendi com os anos de reclusão numa instituição financeira. Sim. Fico indignada por um tempo, mas o que mais me delicia é saber que no momento certo darei o troco e serei certeira. Uma espada no fígado. Direto e sem dó. Mas como é merecido não há como ter peninha de um idiota desse.

É só exterminar com sua falta de conhecimento e absurda maldade em curtir com a cara de alguém que está ali disposta a ouvir com respeito sua história inverossímil e ridícula. Tempo. Momento certo. E argumentos. Esperar e ponho no lugar esse babaca que não respeita o próximo e acredita ser o máximo sua curtição. Espera. Espera. Quando te pegar o afeto será outro e você nem entenderá o escárnio. Mas, agora, sem poder argumentar, retorno à minha agonia do dia.

Pensei que pudesse ser melancolia. Queria classificar, entender que sentimento era aquele que me pegou tão desprevenida. Mesmo naquela garoa fina e frio insuportável, estava retornando a minha casa após uma ótima tarde com escritores, sessão de leitura em voz alta, autógrafo no meu livro mais querido, por isso não entendi muito aquela sensação de vazio que me invadiu por direto, lá dentro no fundo do fundo. Melancolia!

Claro que quis rever o dia. A semana. Buscar em algum acontecimento o motivo para aquele sentimento ter se instalado sem pedir licença. Racionalizei: não é a melancolia de Hipócrates – bílis amarela ou bílis negra – sem doença. Também não pode ser a angústia de Pessoa. Menos ainda a perda narcisista de Freud! Não era. Acredito que emprestei a palavra errada. Só podia ser. Meu vazio era vazio de vazio mesmo. De solidão. De não poder dividir com ninguém as minhas pequenas conquistas naquela tarde. Por que mesmo encontrando pessoas, dividindo com colegas de curso, professores, mesmo assim os meus sinceros sentimentos e aquele dia não foram partilhados verdadeiramente com ninguém. Sim, errei a palavra, não o sentimento. Solidão. Era vazio de mãos solitárias. De corpo encolhido pelo frio e garoa sem ter um corpo para encostar e o vazio da voz. A voz. Essa sempre me faz falta. Voz tão familiar e confortante que é da alma e só essa voz é boa companhia nesses momentos de contar como é bom estar onde se quer.

E nessa incerteza do sentimento, brigo até com o ponto e vírgula. Queria gritar amo-te, mas odeio-te! E assim como tenho uma incomensurável inveja de quem anda numa bicicleta sem segurar as mãos no guidão, tenho inveja de quem sabe usá-lo na escrita. Não sei! Não consigo utilizar esse recurso da acentuação! Ele (sempre penso em eles!!), segundo normas gramaticais, indica uma pausa maior que a vírgula e menor que o ponto, separa orações coordenadas não unidas por conjunção, alonga a pausa de conjunções adversativas, entre outros. Que medo de todos esses conceitos!! Penso de forma aligeirada demais. Praticamente um tsunami de consciência, nada de fluxo apenas. Ele nem faz diferença quando lemos em voz alta.

Aliás, ler em voz alta... Até parece coisa de castigo na escola, mas é impressionante quando se consegue fazer bem isso! Também invejo! Hoje meu afeto é da inveja com absoluta certeza! E também do ponto de exclamação. Ahh esse sim! É maravilhoso! Tal qual o ponto. Em alguns momentos: o ponto final. Delícia em muitas escritas, ações, acontecimentos, sentimentos...

Reticências também é bom... Ajuda muito quando não sabemos como terminar nenhuma das emoções acima citadas... o bom seria: transitar pela palavra sem a acentuação. Deveria ser a perfeição mas entendo que assim não escrevemos ou falamos e é preciso respirar nesses dois casos respiramos em algum momento e por isso sem respirar não é possível escrever também mas é bem possível e natural pensar sem pontuação é só o que fazemos em nosso pensamento pensar e pensar sem vírgula ponto e menos ainda o tal do ponto e vírgula.

Que difícil que é! Nem as pontuações me ajudam determinar o afeto certo. Talvez a exclamação mas, nesse dia específico, num grito de libertação o minha salvação possa ser somente a exclamação. Chega de doer!!!!!!

Ptolomeu

"... a lua o lado escuro é sempre igual
no espaço a solidão é tão normal
desculpa estranho eu voltei mais puro do céu..."

Ptolomeu era seu nome. Sim, seu pai era um apaixonado pelas estrelas, um curioso da astronomia e somente isso bastava-lhe. A Ptolomeu não. Esse deixou sua vida completamente de lado há mais de quinze anos e como um errante vivia em seu laboratório noite e dia. Nada mais lhe importa. Esqueceu-se de sua família alguns meses depois que Estrela nasceu e Vênus tinha mais de quatro anos. Sua esposa tentou por muito tempo partilhar de sua incessante busca para provar a existência de um novo planeta. Afinal, era a única maneira que tinha para ficar ao lado do homem que amava.

Com o tempo ela percebeu que esse novo corpo celestial parecia ter uma forma de mulher e que ele não retornaria mais a razão. Desistiu e foi embora levando suas filhas sem que essas pudessem entender o porquê o pai trocava o nome das duas, já que ele escolheu cada um deles. Sofreram. Choraram. Padeceram. Ptolomeu não. Por muitos dias mal se deu conta de que estava só naquele imenso lugar.

Passados cinco anos, já não comia mais. Dormia umas duas horas até o mês passado. Banho ele não imaginava o que poderia ser. Estava completamente envolvido com o final de sua busca desenfreada para provar a todos da comunidade científica que seus estudos tinham fundamentos. Havia um novo planeta! E ele estava muito próximo da terra. Aproximava-se mais e mais. A tocaria com absoluta certeza. Era certo. Loucura, todos diziam. Não falavam mais com Ptolomeu. Nem seu melhor amigo, astrônomo como ele, que sempre havia partilhado suas paixões pelo universo e os seus mistérios.

Estava completamente só. E o grande dia estava próximo. Seu corpo doía e já sentia-se esgotado pelas necessidades físicas e emocionais a que se submetia. Entrou em delírio. Sofria a angústia do amante que espera pela sua amada há tanto tempo, escondido de todos. Desejava mostrá-la. Acreditava que o momento havia chegado, isso o deixou por alguns momentos eufórico. Esqueceu tudo e todos. Ela chegou! Sim, vestida de negro. Não está feliz pelo encontro como ele imaginava. Está cada vez mais próxima e não sorria. Seu planeta estrela não brilhava, mesmo assim a batizou: Solidão.

Ondas

Orlando havia me impressionado muitíssimo, mas era dois e eu, ainda jovem demais. Ele ou ela ficaram distantes. Guardados na lista do melhores. Mas agora são seis. E deles sei apenas que não se pode determinar a voz, tanto da narrativa, quanto da emoção que essas ondas trazem. Elas vão e vêm seguindo seu destino de marear. Não em alto mar, é ali, em terra e de longe, onde a mistura dessas vozes causam desconforto. Bernard, Neville e Jinny apresentam-se como mundanos e sedutores. Louis, Rhoda e Susan, silenciosos, inibidos e místicos. Um só e continuam trazendo perturbações, como o mar em meus sonhos. Sempre em tons de verde. Nunca é um mar azul e calmo. Algumas vezes é só transparente e gelado. E nesses casos geralmente já entraram em piscinas escuras. São momentos de diversão garantida e gargalhada de criança feliz. Outro dia ele entrou verde amarelado num celeiro. Tinha cheiro de madeira molhada e velha. Estava espalhado e foi ficando pastoso do teto ao chão e chegou a mim. Não era mais mar. Era apenas o que se joga no ventilador. Acordei assustada, esfregando o nariz e procurando perceber o cheiro ruim, mas ele não vinha. Maior mesmo era a sensação daquela coisa mole impregnada em meu corpo. Às escuras segui pelo corredor. E do quarto à cozinha me pareceu um final de maratona para iniciantes. Cansada bebi água gelada e voltei. Nem sei mais se consegui dormir, porque ao final daquele dia voltaria ao mesmo corredor. Um mar o invadiria totalmente. As ondas foram inquietas e barulhentas. Não como um mar revolto, mas como um mar atento, forte e frio. Troquei sem perceber as batidas do coração pelas batidas que minha caminhada provocava naquele espaço retangular. Vagava pelo mar piscina escura. Ia e voltava sem deixar ou levar algo. Não pude gargalhar. E não foi preciso respirar. As vozes do outro lado da linha me ouviam repetidamente: só quero que ele chegue. Só quero que ele volte. Só quero ver meu irmão. Dizia que podia ser caindo de bêbado. Não me importava. Quero ouvir meu irmão. Em alguns pequenos momentos saía do meu mar gelado e caminhava até a janela. Via somente as luzes dos carros. Á volta tudo era escuro. Assalto e barranco preto molhado estavam gravados em minha mente como tela de bloqueio. Não rezei. (ele não faz isso ele não faz isso ele não isso). Não rezo mais. Conheço meu irmão e nisso me agarrava. “Ele entrou no quarto. Bebeu muito.” A voz era sussurrada e me trouxe uma sensação de “terra à vista”. As ondas baixaram e me vi jogada na areia. Cansada, sem ar e grata. São duas da manhã. Bebi mais água gelada e fiquei.

Objetos

Descobri que os objetos perdidos não fazem mais falta. Posso agora abrir a caixa de brincos e reaproveitar alguns. O de pérola e prata envelhecida virou pingente. Ficou lindo e delicado. Por hoje basta esse!

A necessidade de entender se foi. Cansei. Estou mais atenta? Não. Estou tranquila. Não preciso de muitos objetos e menos ainda ficar martelando em minha já entulhada cabeça o momento que deveria ter evitado o sumiço. Caiu. Quebrou. Perdeu. São objetos que podem ser recuperados, ou melhor, substituídos. E como estava quando isso aconteceu? Confusa em meus pensamentos sempre. Sempre. Sempre. Sempre.

– É preciso não racionalizar tudo. Apenas aconteceu.

– Você pensa muito e quer entender tudo. Alguns acontecimentos não possuem explicação. É só isso.

Ouço suas mesmas frases há tantos anos. Ela tem repetido sempre. Devo ter assimilado de alguma forma (bem sei como!!), mas aprendi. Na verdade aceitei. E ela tem razão, aliás, na maioria das vezes. É uma profissional bastante competente e nem pago por isso!

Ficar relacionando, enumerando, catalogando todos os objetos perdidos ocupava um espaço enorme no meu PC. Liberando disco local. Aumentar o espaço para que a circulação de ideias e sangue, ou ar, fluam. Liberdade. Liberdade. Ar livre. Respiração controlada. Objetos novos e sem importância é o ideal? Não. Nada de normas, apenas espaço livre. Use e utilize tudo criatura! E não pensem em tantas coisas de uma única forma. Não resolverei nada abrindo todos os arquivos no mesmo momento. Estão salvos e separados por assunto e ordem de importância. Usar com moderação. Ou não dirigir. Simples assim.

Gargalhar

Gritamos igualmente quando gargalhamos e estamos assim despojadas no grupo. A bebedeira já tomou conta e meu porre é sempre de cerveja o dela sempre de barro. Do pior conhaque que pode haver. Assim entramos a madrugada. Cinco dispersos seriam se o que nos ligasse não fosse a insistência do outro. Anos a fio. Quase a mesma cena em muitos momentos. Somente na praia é mais divertido. Duas acordam bem cedinho e vão para a areia. Fico sempre besuntada de protetor solar, cada meia hora. Ela põe a canga no chão e lá fica a manhã toda, entregue aos raios do sol. Os outros três vão chegando: uma depois das dez e vai de camiseta por cima do maiô, segue dormindo embaixo do guarda-sol. Um chega perto do meio dia com uma dose de conhaque já impregnada em seu rosto vermelho, esparrama-se na cadeira disponível sem sequer olhar o mar. Outro vem perto das duas horas, fica na calçada, detesta areia, avisa que vai cozinhar berinjelas recheadas ao forno. Rimos sabendo que esse será nosso jantar e não o almoço. Mais milho moço! Acabamos todos dormindo no mesmo quarto da grande casa de praia.

Gargalhadas de todos os tipos. Mas somente as nossas são assim com gritos. Agora me vem essa: você não está no grupo? Pensei que estava muito desligada da conversa. Ajeitei-me na cadeira. Perguntei de novo. Não entendi como poderia estar desligada de um grupo do qual convivo há tanto tempo. Séculos e séculos. Por que você não está no grupo? Insistiu. Todos me olharam. Que grupo? O nosso grupo no aplicativo. Era esse o grupo. Não estou nele mesmo e isso pareceu o fim de todos os tempos. Não gosto do tal aplicativo no celular.

— Não grita no meu ouvido! Ela já ultrapassou seu momento de paciência comigo. E me repete isso com irritação. Nossa gargalhada é exatamente a mesma, mas somente eu grito agora, oficialmente. Não sou generosa, segundo ela. Não sou do grupo. Não sou nada. Nem instalarei o aplicativo e menos ainda conseguirei ficar com essa gargalhada, somente comigo e, que nos une numa identificação característica das nossas gargalhadas.

— Vamos refazer aquela foto nossa? (por que as pessoas amam fotos do século passado e que deveriam ficar no século passado? Vamos lá! Participar do grupo. Algazarra de adolescentes. Ela não grita, eu sim. E meu jeito deve morrer. Meu grito deve calar. Somente os seus gritos, pois continuam sendo gritos, são emitidos discretamente, segundo ela, quando sua gargalhada ultrapassa a minha é quando devem ser mantidos como não gritos, oficialmente.

Como sobrevivi tantos anos partilhando uma gargalhada que não pode ser nossa igual gargalhada? Vai gritar moça amargurada! Esqueça e não impeça uma boa gargalhada que é tão somente por ser boa gargalhada, todo esse tempo, que nos uniu e sempre foi compartilhada.

Prova

Prova
Reprova
Aprova
E não comprova

Prova
Reprova
E não prova
A prova

Prova
Reprova
E provoca
Sem prova

Prova
Reprova
A trova
E contraprova

Não prova
Sempre reprova

Mestrado

No canto da sala, perto da mesa principal, antes de iniciarmos mais uma aula do curso de escrita criativa — "epifania e construção literária" (poesia da boa!). O professor O, aquele que gostava de dizer que era fatal alguém tão solitário e amante compulsivo da literatura, tornar-se um poeta, me chama todo empolgado, vestido na sua camiseta preta com a estampa do Jimi Hendrix.

O: e aí decidiu? Gostou do Quiroga?

A: Gostei, mas ainda não sei.

O: porra faça logo esse mestrado! Venha juntar-se ao grupo de literatura Galega, na reitoria. Vai ser legal. Pode rolar um mestrado-sanduíche. Seis meses fora. Pensa bem.

A: não é bem isso que quero. Não tenho vontade. Só de pensar em mestrado me cansa, não sei fazer. Não me animo.

O: que não sabe fazer! Tem tanta gente burra por aí defendendo suas teses sem sentido! E sei que você vai fazer isso muito bem.

A: realmente não me vejo num mestrado, escolhendo algo específico e ficar dois anos tentando provar alguma coisa que o valha. Não me faz sentido!

O: vou dizer uma coisa que meu professor falava sempre: assim você não sai do médio! Não fica nem lá, nem cá, fica no meio e isso não te ajuda.

A: entendiii! No medíocre... Pode ser.

O: pensa bem.

Ele me deixou puta! Mas era só início do encontro com aquele grupo chato de escrita criativa. Gente confiante demais com seus textos óbvios. Olha quem pensa! De qualquer forma a ideia já estava instalada. Na volta para casa, caminhando sozinha pelo bairro boêmio, a ideia não saía da cabeça. Escrevi rapidinho na primeira folha disponível (verso de uma folha da poesia de Baudelaire que era o assunto do dia, daquele poeta circunspecto que meu professor insiste em ser). É todo seu O:

Julgam-me mestrado
Negam-me médio
Vejo-me fundamental

Seminário

Andava repetindo a mim mesma diariamente: tudo deveria funcionar como um seminário universitário. Apresentação. Falação. Divagação. Enganação. Provavelmente sendo esse último o mais presente sempre. Penso que engano bem lá na frente. Falo e falo. Gesticulo e articulo. Consigo convencer e raramente ser convencida. Se tudo fosse um grande exercício da faculdade. Se não fosse preciso provar. Ter a prova. Mostrar a prova. Sei que conseguiria, mesmo não me lembrando de quando tento raciocinar é somente quando não raciocínio que tudo me vem rapidamente. No meio da tormenta e conflitos é que a ordem me chega. Nem sei de qual caixa sai. Apenas sai. Sinto frio quando penso e penso demais. Mas quando falo não me dou muita conta do que sente meu corpo. Muitas vezes ouço a minha voz. O eco. Também sei quando a mesma voz está atrapalhada e sinuosa. Cuspo saliva ácida. Engasgo nas ideias que se repetem (mãos na testa, ar no meio). Talvez queira convencer a mim mesma de que posso realmente saber algo. De que tenho um conhecimento intelectual tão profundo a respeito de qualquer assunto. Sou inteligente e sei tirar proveito disto!

Repetia. Repetia. Repetia. Repetia. Sem nenhuma palavra pronunciada neste momento que não possa ou não tenha significado. E posso tudo. Ser o que me dizem para ser, ou melhor, ser o que acredito que eles querem que eu seja. Consigo respirar, consigo ganhar, vender, conquistar e ter tudo que me dizem para ter e disfarçar no ser. No existir assim como sou (mãos na testa e ai). Convenci o médico de que não deveria agregar mais nenhum medicamento. Convenci minha amiga de que estou no caminho certo. Convenci também a mim mesmo. Convenci até meu aluno! Penso: "Ele gosta muito de você!". Eu sei. Escondi as duas garrafas de cerveja no guarda roupas e esperei mais de quarenta minutos depois de trancar a porta com a chave tetra. Ludibriar. Mentir. Talvez esteja fazendo isso. Sinto-me péssima e aliviada ao mesmo tempo. Falar como se pensa é melhor do que tudo. Deixar que saia pela boca o que atrapalha no meio da testa. No centro do cabelo. Na nuca. Debaixo da língua.

Dormia. Acordava. E ali, trancada naquele pequeno apartamento, estava esgotada, irritada e repetitiva sempre. Não grito. Apenas falo muito. No ritmo que estou pensando. Na maneira como as ideias aparecem. Não me parece errado falar assim. Converso sozinha pela rua, nas calçadas, mas uma conversa discreta e baixa! Não gosto de gritos. O som que chega aos meus ouvidos é sempre triplicado, devo ser quase um ouvido de cachorro! Pronuncio bens as palavras. Meu R é bonito. R daqui. De onde sou. Um R que me deixa feliz. (mãos vermelhas e quentes). Se parar para pensar e entender o que vem primeiro nas ideias, acaba que não consigo falar. Por isso falo. Assim penso. Assim reflito e concluo tudo o que sei, sinto e penso querer. Penso até em Ser. Existir. Simulada. Às vezes me acredito assim. Nos três sentidos e vinte e cinco sinônimos da palavra. Dissimular nunca. E no chuveiro mais ainda. Até parece que volto nas mesmas frases. Falo. Falo. Falo. Não volto nunca na mesma entonação. Volto até nas frases e ideias. Oscilação. Sei não. É não (divertido!). As mãos andam muito pelo meu rosto nos últimos meses. Aflição. Se estivesse sendo ouvida já teria dito mais de quatro mil palavras. Tudo seria mais fácil e direto.

Algumas vezes, somente quando encontrava meus alunos, entendia o que estava acontecendo naquele momento tão delicado de minha vida. Precisava sempre repetir a cada um deles um texto de opinião. Como é mesmo prof.? Como é? Argumentar e convencer. Nunca ficava muito presente nessas aulas, mesmo falando tanto e gesticulando mais que um italiano nas barraquinhas do Mercato Trionfale ou numa feira em São Paulo. Tanto faz. Só pensava no que precisava mostrar: convencer é o grande segredo de tudo. E convenço quando falo. Muito. Até a mim. Convenço o poste. Convenço o gari. Convenço o mestre. Convenço o bar inteiro. Menos minha mãe. Jamais consegui que essa mulher me visse quanto mais convencê-la de algo que digo! Falo. Repito. Verdadeiramente gostaria de estar numa apresentação do meu trabalho acadêmico. Como é fácil um seminário. Não penso nas pessoas. Penso no que falo. Na minha voz e nos meus gestos. Nada de admiração. Só me convenço. Gosto de falar. Muito. Falo e falo. (mãos na testa, cheiro de morango, lisa e quente). Essa coisa de ter experiência no assunto é assustador. Ela pode ser em matar alguém! Tenho vários conhecimentos que poderiam ajudar muito. Fazer rir muitos. E não interessar absolutamente em nada. Como qualquer ser humano nessa palhaçada toda. É cansativo demais essa coisa de especialista. No mindinho do pé direito! Credo. Não posso misturar letra de música com minha fala quando falo sozinha, nunca funciona. Quando falo a alguém funciona melhor essa mescla. Aprendi a fazer tudo com música e nem ando por aí com fones de ouvidos. Música para tomar banho. Música para dormir. Música para cozinhar. Música para estudar. Música para beijar. Música no corredor. É só o que me faz parar de falar (segurar minhas mãos também). Deveria ter fones nestes ouvidos? Se estiver numa apresentação de seminário na faculdade não utilize uma música desse recurso. Será fatal. Rever a cena ainda me faz admirar o professor. Quantos afetos naquele gesto! Ele não falou. Leu. Andou e empostou a mão. Não foi a voz. Professor! Sim, sou professora agora e preciso voltar à aula.

Volto. Termino. Acredito e sigo. Ônibus cheio. Ler poesias e pensar na conversa de sempre com minha irmã e o quanto sempre vou perder no grito dela. A poesia da escritora fala do obsceno feminino. Entro pelos versos: gosto de impostar a voz sempre. Sem ser agressiva. Sou. Falo. Falo e falo. Agora fiquei muda. É a música me envolvendo. A voz vai ficando cada vez mais sem força. Fraca e longe. Lá no umbigo. Bem atrás dele. Os acordes da guitarra já tomaram conta do tumulto que está em minha orelha esquerda. Ela escreveu como um homem pensa!? Nem sei bem como eu consegui pensar isso, mas é masculino muito vulgar naquele livro que uma mulher escreveu. Na verdade não sabemos mesmo como um escreve ou não. Sabemos que como cidadão as diferenças são inúmeras e gigantescas desde aquele homem que escreveu sua república e seus pertences: propriedade, camelo, escravos e mulheres. Não sabemos como é escrever como ou sentir como qualquer gênero. Definimos que é assim. Vemos assim. E misturamos tudo assim. Continuo assim e sigo assim, perdida na praça agitada. Pareço uma mulher calma e resolvida (mãos fechadas no bolso do casaco). Todos acreditam nela. Todos esperam dela algo a mais. Muito além de sua capacidade de argumentar, pensa e repensa, entrando no prédio antigo da faculdade. Rezo para o elevador não ficar travado novamente. Nada de rampas no décimo andar. Hoje tem seminário. Santo Agostinho não atormenta em nada minha capacidade de enganação na fala. O seminário da nossa equipe é fácil, bom e aprovado pelo professor. O discurso rápido continua ludibriando e convencendo. Nem foi preciso grandes argumentações. Se a vida fosse um seminário. Um bom e simples seminário acadêmico: tudo seria mais suportável. Continuo repetindo incansavelmente.

Ritual

Conseguiu mais um domingo de alforria. Ela sabe que é exagero, mas não há como expressar o que é ficar completamente sozinha na casa onde vive com as senhoras. É praticamente a proclamação da República junto com a tomada da Bastilha! Sim. Grande exagero. Até por que a grande posse será somente da cozinha e o restante dessa casa será esquecido.

Sair da cama nesses dias lhe parece fácil e perfeito. Maravilhoso. Gosta muito de dias assim. Sente-se viva, animada e nada sozinha. São pequenos desfrutes da vida solitária e somente aqueles que os têm podem entender. Migalhas de liberdade absoluta que são vividas em sua cozinha. Normalmente esses dias iniciam-se tranquilos. Suco de laranja, obrigações que o rim direito lhe impõe, fatia de pão integral, café fraco e doce. Abrir ou não as cortinas da janela larga e alta da cozinha é sempre uma dúvida, mas segue o determinado e escancara. Examina as plantas dispostas no peitoril e o céu quadriculado. Os prédios ainda são todos foscos, com exceção do azul à direita. Vira o corpo e volta à cozinha, de frente da pia, olha o espaço que será só seu naquele dia. Deixa de lado somente o canto onde fica a bicicleta atrás do grande vaso com as plantas *Dieffenbachia seguine* (comigo-ninguém-pode!) e a purificadora de ar para ambientes fechados: *Sansevieria Trifasciata* (espada-de-são-jorge!). O nome popular é sempre mais divertido! Gosta de todas as suas plantas e mais ainda das que ficam na cozinha.

"Fica aí, bicicleta! Exercício físico não faz parte desse dia libertador. É domingo de gente desobrigada. Livre até que ela mesma prove o contrário!" Segue examinando tudo com seu pijama velho de bolinhas coloridas, chinelo esgarçado cheio de manchas pretas e o roupão rosa desbotado e caído. "Ó mundo perfeito e simples!" Mesmo quando observa longamente o filtro de barro e o jogo de latas herdadas da avó materna. Estão num dos armários modulares, ao lado da geladeira, todos brancos. "Um dia jogarei vocês latinhas queridas. Antes é claro, de pisoteá-las histericamente" I can't get no satisfaction I can't get no satisfaction...

Há outro foco e o segue com a respiração alinhada do quarto chakra: no lado oposto, sozinha e livre está a mesa retangular e suas banquetas. Sua grande e verdadeira conquista. É ela quem será tomada completamente. Poderá ouvir todas as suas músicas, ou melhor, as que forem adequadas ao seu estado de espírito (qual será o espírito de hoje?), mas não terá que ouvir os programas de domingo na televisão e os comentários absurdamente oportunos que sempre os acompanha. Como e por que preciso entender isso? Por que coube a mim essa tarefa? Leio a Cerimônia do Adeus, ouvindo Cássia Eller, cozinhando, tomando cerveja e nos intervalos leio em voz alta Claro Enigma. Como posso me interessar pelo tão importante programa de domingo na TV? Como posso me interessar o que é viver preocupada com velhice daquele ator que era galã a trezentos anos atrás? Para que entender o que aquela mulher na fila do mercado estava brigando por causa de dez centavos? Ou então ficar repetindo que tenho uma cabeça boa. Tenho uma cabeça melhor do que qualquer jovem. A minha não é!! Quero viver só o meu envelhecimento. Ele já é bem pesado. Não preciso viver mais que o meu. Pobres mulheres tristes nós somos. Sim faço parte desse maldito grupo triste. Isso a deixa irritada demais. Em graus elevadíssimos e sempre sem água, cerveja, ou suco de maracujá, quanto mais sexo, drogas e rock n' roll! Que porra do caralho! Ela não quer saber, pelo menos nesse dia, o que é ter setenta e cinco anos! Nem em corpo, nem em alma.

"Melhor iniciar minha posse."

Dezenas de folhas brancas no centro da mesa; rádio instalado em uma das banquetas; vários CDs selecionados ficam atrás do antigo note book no canto esquerdo; caneta e alegria. Hora de escrever. Folhas vão sendo preenchidas rapidamente, mas com leveza. Tudo parece tranqüilo até perceber que sua força para segurar a caneta entre os três dedos é além do necessário para o funcionamento. Chacoalha a mão e volta a escrever. Não lê e menos ainda preocupa-se com a existência ou não de uma forma narrativa. Primeira ou terceira pessoa, ponto de vista, micro e macro visão, distorção e distanciamento do real, estranhamento, analogias, alteridade, foco narrativo, verossimilhança, regras ortográficas, análise sintática, verbos, adjetivos e o caralho a quatro. Não. Ela não pensa em nada disso. Entrou em seu transe habitual. Apenas ouve as músicas de Janis Joplin ao fundo e escreve como se naquele gesto houvesse uma salvação única para sua inquietude.

...Maybe, maybe, maybe, maybe, dear...I guess I might have done something wrong...

A dor em seus dedos, na mão toda, já incomoda muito e é impossível continuar. Melhor tomar a primeira cerveja. O rumo do dia mudou e já passa das onze. Sabe que mesmo assim não é uma experiência indesejada. Aversiva. É consciente do sofrimento que esse gesto proporcionará e mais do que tudo que o processo é destrutivo. Mas isso não a impede de continuar escrevendo. Até parece-lhe orgânico. Perigoso, real e necessário. Sofrimento de corpo e alma (seja lá o que exatamente essa signifique). Se viver é necessariamente sofrer, como Schopenhauer acreditava, não há como fugir: escrever parece doer. É angustiante. Aflitivo e lancinante. Penoso demais.

"Sou péssima!" Melhor respirar. Cantar. Está aflita e cansada. Fica longe da mesa e dos papéis que lá deixou. Resolve trocar o CD da Janis. Passa pela Cássia Eller e chega a Maria Callas. Hoje o dia é das mulheres. Nada de Raul, Diego Torres, Bono ou Zé Ramalho. O sentimento predominante tornou-se possível partilhar somente com as que possuem útero e estrogênio. Talvez e só talvez, pudesse dividir, se possível, com a esposa daquele ilustre diplomata dos anos cinquenta. Mas ela nem se declarava escritora. Após três latinhas só resta retornar à mesa abandonada. Logo percebe que sua escrita está diferente em cada folha. Pequena demais em algumas, enorme em outras. Distorcidas. Repetidas e desalinhadas. É o sinal, para ela, de que as coisas não foram sequer razoáveis.

A angústia já havia tomado conta. "Errou na previsão do dia, né?" E prontamente prepara o ritual: de duas em duas rasga as folhas, primeiro na metade do tão famoso papel A4, depois nas duas metades que ficaram e finalmente, essas metades tornam-se três e assim são separadas em grupos pela mesa. Em seguida é o momento da distribuição: lixo do banheiro grande: vergonha. "Não sei escrever nada decente". Lixo reciclável da lavandeira: raiva. "Que merda!". Cinco passos e o lixo do banheiro pequeno: medo. "Se fosse eu tentaria procurar as partes desses papéis!". Acabou. Agora a sensação é de um alívio frustrante. Volta á cozinha. Suas insanidades narrativas estão separadas e não podem ser entendidas, mesmo sabendo que antes também não seriam foi melhor assim ...Dio, vorrei morrir! Babbo, pietà, pietà!

Ritual não é fácil! Exige dedicação. Palavras. Formalidades. E até, para alguns, uma religião. Não é mesmo nada fácil. E o meu dói. Muito. Olhar esses papéis rasgados e separados é como não acender uma vela para o santo. Blasfêmia? Não para mim. É fracasso mesmo. Incapacidade. Não consegui. Não deixei nada sequer na gaveta! Nem ela merece minhas palavras escritas. É mesmo ruim. Fraco. Bobo. Ainda mais nesse tempo em que todos escrevem o que bem entendem. Dark em profunda depressão. Usar apenas cento e quarenta caracteres. É fácil. Vai lá. Para de me atormentar. Nada pode ser pior! Assim lembra o que se faz na Inglaterra! Amo Rauzito. Sabia tudo e não escondia nada, menos ainda seus rituais sórdidos e contestáveis em tempos de Instituto Royal e manifestantes mascarados. Politicamente correto então!! Que chato! Só queria não ter vergonha das suas palavras escritas nestas folhas. Mostrar a todos. Enfrentar todas as críticas e mais ainda, enfrentar seu próprio medo. Ele é mais forte do que qualquer um!

Caso do acaso

— Por que você escreveu esse número?

Contei 34, mas escrevi 33. O porquê eu não sei! Escrevi antes de terminar de contar. Nem estava pensando naquele exercício. Foi só isso. O rumo daquela aula estava mesmo estranho. Tudo bem que falávamos de poesia, fluxo de consciência, escrita automática, **cadavre exquis**, mas o que o número que escrevo nas minhas folhas incomoda tanto o rapaz ao meu lado? Ele ficou mais vermelho do que já é. Segundo o próprio, esse número o está perseguindo e isso tem algum significado. Detesto isso!

É caso ou acaso para quem? Quando funciona é caso ou acaso? E se não funciona é caso ou acaso? Se for o signo do destino como ele determinou? Quem determina? Era o pior, ou melhor, dia da vida de quem? Caramba! Era só isso que me faltava! Signo. Destino. Caso. Acaso. Sem contar o acaso objetivo, foco de nossa aula.

Esse assunto realmente é capaz de me alterar, aliás, pelo que percebi qualquer um naquela sala. Lembrei-me imediatamente de Cusco onde todos os dias, em qualquer lugar, por qualquer motivo (até um espirro) haverá um cusqueño para dizer que "nada é por acaso". Confesso que quando chegamos ao alto de Machu Picchu, ou Tipón só nos resta concordar: tinha que estar naquele lugar, naquela hora, daquele jeito e ponto. Pronto. Até porque o lugar não é nada comum. E os sentimentos que nos despertam menos ainda. E talvez por isso e só por isso, fica mais fácil entender que aqui o fluxo do inconsciente foi o vencedor. "Todos estão na mesma energia", já me disseram.

Tanto caso e acaso que me lembrei da música antiga:

"... Caso do acaso
Bem marcado em cartas de tarôt
Meu amor, esse amor
De cartas claras sobre a mesa
É assim
Signo do destino
Que surpresa ele nos preparou..."

E lá me vem outra lembrança! Determinado? Acaso? Era o pior dia da minha vida naquele lugar, mas fui mesmo assim. Havia algo mais forte em mim que me fez sair naquele estado lamentável fisicamente. O conhaque e as cervejas, misturados com os remédio para dormir, aumentaram o estado desprezível da falta de estima.

Entrei. Estava lotado para o show. Não olhei ninguém. Queria só um lugar para sentar e observar. Ele e não o espaço livre me chamou a atenção. Não. Não o conheço. Estava de cabeça baixa concentrado no celular. Não me via, mas me chamava. Não questionei. Pedi licença e sentei. Trinta minutos depois — 22h12min —, essa voz familiar aqui?? Como? Acaso? Caso? Signo do destino? Nada. Nada. Só enganação. Melhor retornar ao meu colega da classe de escrita criativa e seu problema com o número 33. Quer entender? Não posso explicar. Nem quero. Esse assunto com caso, acaso, destino, tinha que ser, ou pior: "significa alguma coisa" — me cansa! E além do mais ele é ruivo!

Não consigo mais nem ouvir casualidade, nem acaso, embora tenham significados semânticos diferentes, muitas pessoas usam como um acontecimento que surge do nada e que significam algo importante em suas vidas. Significam? Claro que não. Tudo é apenas teste mais nada. Como você está. O que você domina da sua vida. O que é verdadeiro ou falso em suas verdades. Nada de acaso. De destino, ou pior: tinha que ser assim. Isso mata! Acaba com tudo. Como assim? Tinha que ser para você, ou para o outro? Aí quem está usando quem para aprender algo? E isso é bom? Usar alguém, ou algo para resolver seus conflitos? Essa história me deixa mesmo irritada... Ainda não consigo resolver esse tópico. Realmente são questões demais para uma resolução tão simples. Adaequare = tornar igual.

E era preciso lembrar que a terapeuta disse a palavra correta para explicar as últimas semanas: inadequada. E foi dita de forma adequada e no momento adequado. Não havia como fugir. Aceitei. E bem conformada com a definição fui ao dicionário amigo diário. Descobrir que são vinte e sete sinônimos e dois sentidos para essa palavra (ainda não havia encontrado tantos para uma só!), mas perfeitamente adequados para classificar cada sentimento naqueles acontecimentos vividos: impróprio, inconveniente, inapropriado, descabido, inoportuno, inviável e imoral. Etc. Etc. Etc. Tomei somente esses que serviam perfeitamente para mim. Encaixavam ao que via no espelho todos os momentos do último ano e mais ainda no sentimento de vergonha das últimas semanas.

Não tinha como fugir, afinal não me sentia adequada para nenhum tipo de coisa. Nada que estava a minha volta. Nenhuma cena daquela foi feita para uma pessoa como eu. Aliás, uma pessoa como eu não está adequada a nada e menos ainda a ninguém. Vergonha. Até pensei ser exagero demais. E, claro que havia um fundo de verdade. Entendi que a palavra utilizada por ela foi para demonstrar justamente essa exagerada forma de supervalorizar o sofrimento vivido. Poderia ser. Em algum momento entenderia e aceitaria com mais convicção essa possibilidade, mas não seria possível assim imediatamente. O mais adequado era esperar inadequadamente, inconvenientemente, desapropriadamente, desajustada mente que nunca mente, mas muitas vezes engana. Sem caso, por acaso ou ao acaso.

Haciendo ahora

– Cuéntame que estas haciendo ahora?

Era minha professora de espanhol. Cusco. Agora? Como assim? Sempre faço algo diferente? Para ela sim. De fora. Do lado de lá de nós sempre fazemos coisas a mais do que eles. Do lado de cá, dentro, sempre estou seguindo e nada mais. Acredito melhor sair e olhar de fora: fiz e faço muito. Sempre mudando! É verdade. Ela tem razão. Eu não. Cusco é um grande exemplo disso.

Só latino-americano pode entender aquela confusão. Nenhum outro continente consegue. Nós nos entendemos. Somos plurais, constantes. Contrastes eternos. Brichero. Brichera. Cuidate! Que diferença faz? Subir e descer montanhas. Cidades escondidas. Segredos em mim. De mim. Não encontrei nada salvador ou esclarecedor. Ficou tudo mais confuso em mim. Pedras perdidas. Histórias atrapalhadas. Cores fortes. Macarrão instantâneo e frutas secas. Magra demais. Condimentos. Sentimentos.

Somente ele era lindo. O mais de todos. Achei que fosse minha história. Não era. Embora ele estivesse vestido como os homens ideais, para mim. Lindo demais. Negro e forte. A professora ficou desconfiada. Viu-nos dançando. Preconceito mais idiota esse! Quem é de Lima descende de espanhóis e quem é de Cusco descende de Incas. Negros nenhum. Lindo ele era. Beijo bom pelas ruas desertas na madrugada fria e nos degraus apropriados para nossa diferença de altura. Os bares lotados de gringos drogados, estavam fora dessas ruas.

Ainda sou capaz de sentir a pele. Lindo (não de repetir). Realmente ela tem razão de perguntar sempre: que estas haciendo ahora? Ahora en este momento. Ahora en este momento, recordando que aquella noche estaba deliciosa. E que ando falando com poste, mas conto, conto e conto para todos que querem me ouvir. Nem disfarço mais. Faço-me de louca e assim não pago terapia. Acho que a professora não entenderia isso e meu espanhol não é suficiente para explicar.

Ando procurando uma conversa demorada, aberta e verdadeira. Quero me certificar de que as fantasias e frases feitas nas redes sociais ou nos discursos daqueles que gostam de brincar de “faz de conta que sou feliz e tudo está bem” não passam apenas de fantasias e frases feitas. As pessoas querem falar, contar, explicar, entender, repetir se necessário, até esgotar o sentimento que as fazem sofrer. Fica muito lindo escrever no seu mural que a melhor forma de esquecer um assunto é parar de falar dele. Não. Parar de falar não significa esquecer. Resolver. Digerir o que aconteceu. Significa apenas protelar.

Deixar de lado e fingir que não existiu. Não dá. Isso não resolve mesmo. Quando o assunto é recorrente o que o mundo, universo, astral, corpo, ou seja, lá o nome que se dê, está dizendo que é preciso resolver de uma vez. Enfrentar o recado de frente. Parar e prestar atenção. E somente assim encerrar essa etapa e seguir em frente.

Deixar o passado no passado é sim fundamental, mas no momento em que esse assunto tornou-se passado. E não quando ele ainda está latente em suas emoções e seu corpo. Será que o número de postes pelas cidades seria suficiente se as pessoas com coragem de enfrentar a sua verdade resolvessem falar? Não. Mas minha professora acharia isso sem pé nem cabeça. Entro na galeria, chove muito.

– Acho que sua filha está trancada no elevador!

– E agora como faz?

– Espera.

Ri fechando o guarda chuvas. Não havia como não fazê-lo. Realmente a tempestade passou. Deixou a escuridão e os celulares funcionando como lanternas (sem rede disponível!). Foi estranho caminhar naquela galeria e ver as pessoas fora das lojas, restaurantes e prédios (as que não estavam trancadas no elevador!). O caos me mostrou que a civilização pode salvar-se. Liberta-se da solidão que ela mesma impõe-se.

Todos tinham assunto e falavam como se não ouvissem uma voz há muito tempo. Voz. Sempre voz. Nada é melhor e mais íntimo que a voz certa. Sempre vou acreditar nisso. Haviam galhos soltos pelo chão da praça que amo. Era lindo demais. Senti-me respirar. Senti-me igual. Simples e fácil. Era uma tempestade. Tudo escuro. Pessoas trancadas no elevador. Isso não é bom. Disso tenho medo e não respiro. Mas o restante daquele caos era incrível. Em todos os sentidos. Do medo ao deslumbramento. Tudo infinitamente verdadeiro e natural. Humanos como humanos. Inúteis na sua humanidade diante da natureza em fúria. Natural. E nem era um tsunami! Era só um dia com possibilidades distintas. Sair do caminho e da rotina. Modificar a rota literalmente. Ninguém quis.

As horas de escuridão acabaram e a luz (elétrica) foi abençoada e cultuada como um deus no Olimpo. Estavam salvos para sempre. E nunca mais irão passar isso. A fúria da natureza será controlada mais e mais. E o elevador? Espera. Se não voltar a luz o bombeiro salva. E o que se faz com o medo? Está escuro! Espera. Respira. Espera. A professora tem razão, anda sempre acontecendo algo comigo. Que estas haciendo ahora? Prestando atenção demais no entorno, mi maestra! Descobrindo que eu vivo a margem e sempre tentando entender o que os outros sentem. Una observadora irrecuperable.

O que era

Resolvi encontrar o cara. Queria mesmo e decidi. Fui ao lugar certo e nem foi preciso criar nenhum motivo, ou disfarçar nada. Foi em praça pública. No lugar de sempre. As pessoas de sempre. As cores de sempre. Os murmúrios de sempre. Domingo à tarde. Minhas sombras estavam lá nas pessoas. Essas não abrem mão de nada em seus julgamentos. Ela faz isso. Ela faz aquilo. Ela é assim. Assado. Fiquei espantada com quem sou. Não me via assim há muito tempo. E tenho encontrado pessoas que me descrevem no passado e outras como se ainda fosse eu essa de quem falam. Não sou. Fui. Nem passado pode dizer que foi, tão distante está e tão diferente é que mais parece uma lenda. Gosto disso: não ser essa que descrevem. Gosto de quem percebe a diferença. Gosto de ser nova, mesmo que essa nova viva dentro de mim desde sempre. Gosto mesmo disso. Não gosto de como eles me mostram. Ninguém aceita mudanças. Preferem continuar aumentando a quantidade de drogas e eu só tomo cerveja.

Ele chegou agitado como sempre. Não soube o que fazer como sempre. Brincou de faz de conta como sempre. Fiquei sem opção. Fui ser quem eles queriam. Meu corpo doeu. De fora só achava absurda a quantidade de cocaína em minha frente. Isqueiro para mim era novidade. Ficou de costas, mas no meu campo de visão sempre. Bermudas de sempre, camiseta e óculos escuros sempre. Não quis mais me olhar, como sempre. Na frente da porta do bar verde. Na minha direção sempre. Não vou mais brincar. Sei que contribui na construção dessa imagem, mas ali o que ficou foi a parte deles, não é mais a minha.

Quando me descrevem na época em que representava o padrão desejado é a melhor parte, pois o sentimento é de alívio por não precisar mais ser assim e muitas vezes, de admiração por ter feito direito e representado sem deixar que ninguém percebesse o disfarce. Todos me parecem uma gente tão apatetada. Tão chafurdadas em seus rótulos de sobrevivência, incapazes de entender mudanças no outros, menos ainda em si mesmas, aliás, olhar suas mudanças implica em aceitação frente ao espelho do banheiro (de outro lugar da casa não serve!).

Ter sido é o melhor possível. Não saberem que sempre estava ali essa que nunca enxergavam e que é mais forte do que aquela que dissimulava sem consciência é incomparavelmente prazeroso. Eles não conseguem acompanhar, por isso mesmo não aceitam. Ele não pode lidar com essa que apresento. Tomara que alguém entre na sua roda e gire tanto quanto ele. Tenho pena. Os outros? Pouco se me dá! (ninguém deve usar mais essa expressão! era só para evitar o foda-se!).

Segui em direção ao cavalo babão (detesto o nome popular que atribuíram ao lindo chafariz). E ele, o cavalo, com sua enorme cara, sorriu-me. E não havia ninguém tão próximo desse encantamento, afinal todos por ali apenas rodopiavam em sua embriaguez escolhida. Doses menores ou maiores das exigências que eram saciadas com abundância e desprendimento. Descaradamente era só meu o sorriso daquele animal boquiaberto. Aceitar era o último desejo, já que o mais importante naquele instante preciso era permitir que o absoluto anonimato, de mais um dia naquela cidade, pudesse me proteger.

Segui em frente e procurei amparo no banco vazio em frente ao jardim que permanecia absolutamente ausente de cores. O alívio foi imediato e notoriamente exclusivo. Nenhum daqueles seres inebriados o queriam. Apossei-me desse sentimento permitido. Nesse ir e vir não buscava nenhuma modificação nos desejos, menos ainda a intromissão de um sorriso direto e largo. Não havia ordem aceitável nesse aparente desamparo, somente medos apinhados, inseguranças e expectativas imediatamente insolúveis, mas a cara do cavalo enorme nessa praça me fez aceitar o grande sorriso. E esquecer aquela de quem falavam naquela roda e o homem agitado e medroso que agora, visto de fora, continuava sendo o de sempre.

Cinema

Impressionante que em pleno século XXI e diante de tantos recursos tecnológicos e design de telas e sofás, ainda lhe é uma sensação de frio na barriga ser convidada por um homem para ir ao cinema. É bom demais! Sempre fascinante sobre vários aspectos. Fica excitada como uma adolescente do século passado. É um espetáculo de observação imperdível. Acredita que os irmãos Lumière sabiam o quanto havia um lado de mágico na criação do cinematógrafo (quase uma palavra fóssil!), mas não sabe é se eles seriam capazes de imaginar é o que a grande tela e principalmente a sala de cinema pode significar, ainda hoje, para muitos. Somente ela pensa. Sabe disso. Há encantamento e magia num encontro assim. O filme escolhido. A maneira como se portam desde o encontro no local e hora marcados, passando pela bilheteria, escolha das poltronas, lado que fica um e o outro. Perfeito.

Almodóvar em La Piel que Habito foi perfeito e o homem que a convidou para assisti-lo não lhe deu outra opção. Resolveu que seria esse. Até o horário escolheu. Impossível que alguém o supere. Demais. Do início (o convite) até o final tomando vinho, comendo pão com pasta de amendoim e ainda perplexos com a capacidade de surpreender que esse cineasta sempre consegue. Insuperável essa noite e esse filme com aquele homem. Todo dela.

Woody Allen com seu Midnight in Paris foi certinho demais, muito certinho. Praticamente um conto de fadas. E o homem que falou tanto desse filme e sua música (que é mesmo linda!), sonha com esse mundo perfeito, ou melhor, esse mundo onde ele poderia viver como Hemingway, viajar no tempo e escrever, escrever, escrever... Beber muito e viver em todas aquelas festas. Embriagado completamente. Mas não estava nem aí com a opinião da pobre mulher entediada. Ao contrário, se souber que achou o filme mais ou menos vai execrar a criatura! Impossível não gostar do maluco (da porra!) do Ernest! Ela não gosta.

Os outros dois filmes nem merecem comentário. Homens desprezíveis e de uma pobreza intelectual impressionantes.

Hoje foi Wolverine. Surreais algumas cenas. Nada a ver. Sem noção. Ridículo. Mas a cumplicidade com o seu acompanhante foi perfeita. Riram muito pela péssima escolha. Ficaram mais próximos por isso e mesmo sendo o pior filme das suas vidas: que bom ter ido. Ainda será seu filho.

Muitas mulheres podem gostar de jantares especiais e joias (num estereótipo bem antiquado e estúpido!). Essa gosta mesmo, é louca, pelo convite ao cinema. Nada como dividir a tela grande e o escuro das salas. Delícia de mistério e magia. Intimidade para poucos observarem. E danem-se as facilidades da tecnologia e seus aplicativos que nos permitem ficar em casa vendo todos os filmes do catálogo. Para ela, o importante é o rito. A expectativa e a partilha.

Homo sapiens

(foi escolhido por Marcelo De Angelis)

Bar sem palavras:
homem e sua barba,
mão e olhar estático.

Bar das cadeiras derrubadas:
homem pequeno,
braços cruzados ao peito

Bar sujo:
homem solitário,
música velha da prisão.

Bar com lareira:
homem negro lindo,
beijo doce nos degraus seculares.

Bar segunda opção:
homem velho,
conhaque e escrita rápida.

Bar conversa da boa:
homens que sofrem,
literaturas sem musas.

Bar da calçada:
homem bonito, perdido,
cheiro bom da pele.

Bar aniversário tumultuado:
homem ruivo,
música só minha.

Bar da fotografia antiga:
homem de uma vida,
voz já conhecida.

Bar mulher sábia:
homem ausente,
rollmops e sofá velho.

O centro concentra

No centro tudo concentra. Língua solta. Solidão. Alegrias. Gritos aflitos e malditos. Beleza inesperada. Osso exposto. Mala e trapos. Vaguidão. Intolerâncias. Medo. Segredos e sangrias. Bengala. Janelas ocupadas. Janelas que expiam. Idoso. Teatros. Hotel de segunda. Ciclista filho da puta em alta velocidade. Redundância. Cervejas e pensar alto. Escória e Senhorinhas de laquê em pérolas. Entulho. Raiva. Caçamba. Lixo. Construção. Assaltante de mochila. Cuspe de homem. Crack. Mentira e igreja. Orgulho. Linguagem Chula. Pura. Batidão e corridão. Tristeza e preguiça. Ira. Estátua viva galante e sorridente. Saco cheio de latinhas. Grafite. Guarda-chuvas pretos do nada.

No centro tudo concentra. Dá uma moedinha? Mijo. Riso. Calçada quebrada. Enganadores e enganados ao montes.

Puta, Viado. Turista desavisado. Cafetão. Freguês da tarde. Fragilidade. Fatalidade. Passeio público fechado na segunda. Navalha no rosto. Beijo demorado. Liquidação. Caixa de som e microfone. Tradicionalmente solitários. Caricaturista barbudo puto com o caricaturista cabeludo. Pastel chinês e não do português. Biblioteca. Ternos no almoço. Cobertores cinzas. Frio na alma. Desilusão. Chafariz elefante branco. FAS não faz nada. Catedral mijada. Índio vendendo artesanato. Música boliviana que é do Peru. Ciclista filho da puta mais veloz do que nunca. Gemidos e murmurinhos. Saia curta. Maconha por cinco.

No centro concentra. Buffet por quilo. Obstrução constante. Fila do sorvete. Biarticulado ultrapassando o sinal. Morango 4 por 10. Buzina. Desilusão. Tapume em prédio histórico. Me dá essa ponta? Desconfiança. O moço bonito da banca. Marco zero! Pedra voando. Tuc. Escada suja. Roupa inadequada. Rock n' roll. Violino. Jesus salva. Papel com endereço. O mercado que era pra ser barato. Coxinha com catupiry. Banca de flores. Círculos de flores roubadas. Bancos malditos. Bancos benditos. Velhos canalhas sempre. Conceito. Preconceito. Cigarro. Desilusão. Conforto. Falsidade. Pichação. Bilhete premiado. Anonimato. Sobrevivência em alto grau.

Tudo concentra no centro. Tudo apetece e engrandece no centro. Tudo aumenta, esclarece e desaparece no centro.

Status

Aquele nem era um problema para mim, depois de tantos homens naquela cidade, mas não poderia evitar mais este. E quando o encontrei no corredor do shopping decidi que deveriam conversar e que não haveria problemas. Girei, fiz o caminho inverso e apareci de frente. Ele estava com um guarda chuvas seguro com muita força na mão esquerda, cabeça baixa e fones de ouvidos. Fiquei em sua direção. Fui vista. Ele ficou paralisado. Achou o máximo a coincidência. Tantos lugares e se encontrarem ali era incrível! Tolo. Eu decidi, até porque sempre encontrei alguém conhecido naquele lugar. Não há casualidade em minha decisão. Respirei fundo e tentei me concentrar no tanto de perguntas. Ele não parava de falar que aquele encontro era impressionante. Maravilhoso. Nada demais, pensava. São lugares próximos onde vivemos. Continuava as perguntas, então decidi que poderíamos ir para um boteco, mesmo no meio da tarde, num dia de semana.

– Precisa ser um boteco! Bem boteco! Era um homem eufórico demais para eu entender.

– Aquele é bom. A cerveja é boa e barata.

– Não. Não gosto. Tem uma gente estranha.

– Como assim? Não há nada de estranho lá. Vem comigo! Achei melhor guiar totalmente a situação. Mostrei todos que conhecia pelo caminho.

– Nossa você sabe todos!

– Sei até o do chinês depois do mercado.

– Sério? Então vamos lá. É você quem escolhe o boteco. Meu deus a mulher vai mesmo me apresentar um boteco! A voz dele já estava irritante.

O cheiro da comida é ruim e a moça sempre me muito estranha, porque vou lá só para ler e tomar cerveja. Não podia ser. Tinha outros chineses, isso não falta no centro desta cidade. Ele ficou maravilhado com minha escolha simples e quis saber se quem pagaria a cerveja seria eu ou ele. Tinha sido explorado na noite passada, precisava saber. Mais um mala para testar minha paciência com os caras. "Saco! Sempre passo nesses testes, mas eles não". Detestava aquilo tudo. Decidi a cerveja. Paguei. Melhor continuar decidindo. Nada demais no ambiente, menos ainda nas suas colocações sobre status, lugares, dinheiro, roupas, pessoas interesseiras. Seu maldito sotaque paulistano era o que realmente cansava.

Gostei do grupo que estava no fundo do lugar sujo, amarelo e com quadros de águias azuis. Muito interessante e divertido. Um homem jovem me olhava do balcão e estava perto da entrada do banheiro mais fedido que já encontrei em bares. A prostituta entrou levando todos os homens da mesa do fundo para sua brancura segura e suas artimanhas ensaiadas na prática diária e comissionadas com o chinês.

A conversa (monólogo?) continuava em torno do umbigo dele. Ou melhor, das pessoas que se aproximam esperando que ele tivesse dinheiro, suas preferências: não curtia esse lance de bairro chique, ou bairro popular. Trabalhar de gravata não torna um homem melhor. Carro e bares badalados era coisa de playboy babaca. Mano, sério? Ainda bem que alguém chegou na outra mesa. Homem lindo, olhos bem verdes e vivos, mas a pele totalmente seca e enrugada e suas roupas amassadas, contavam sua vida. Trocamos olhares e por último partilhamos seus segredos. Isso valeu muito. Gostava de beber e encontrar gente assim, com vida e histórias boas. Às vezes corria o risco de conversas chatas e sem trégua como a do cara em minha mesa que continuava choramingo:

– Meu, homem precisa pagar sempre a conta? Meu, pessoas não deveriam perguntar de onde sou é assim que sou... Status social meu é ser feliz... Meu, estar aqui com alguém que tem bom humor é inteligente e sabe o que quer... Meu, minha conta bancária não é boa, eu sou bom e uma mulher tem que conversar comigo pelo que sou... Meu, não podem querer apenas que eu pague a sua cerveja...

Em pensamento só seguia o ritmo: meu, que preguiça! Não aguentava mais. Decidi novamente, fui embora e levei somente o segredo partilhado em verde escuro brilhante. Não precisaria mais evitar esse cara e seus conceitos sobre status social. Segui sem problemas meu caminho conquistado nessa cidade, e outros homens apareceriam.

Bosque do Papa

Tanto solvente para diluir tintas e chegar nas cores certas, tantos carros para entregar até sexta-feira. Não aguentava mais isso tudo, mesmo o dinheiro sendo alto, essa semana está puxada e o baseado que o cara entregou era mesmo uma bosta. Queria poder ir pra casa e ter um certo conforto. Me sinto sozinho demais e quero uma mulher de verdade. Cinco anos de separação, nenhuma mulher decente, só tranqueira. Ainda bem que os caras marcaram sinuca no bar do bosque. Uísque na chegada e esquecer tudo. Aliás, tinha esquecido do meu corpo quando a mina entrou. Como imaginar isso? Naquela hora da noite, naquela escuridão, o parque fechado e a princesa sozinha. Quieta. Pediu cerveja e tirou um lenço do pescoço, deixou em cima da mesa. Era vermelho e tudo nela era sensual.

– Gosta de rock?

– Huum?

– Do quê?! De quem?!

– De todos esses na parede e do que está tocando.

– Rollings? Doors? Qual?

– De todos.

– Quem é você?

– Ninguém.

– O que você faz?

– Nada.

– Ahhh! Conta! O que você faz no dia a dia?

– Nada.

– Pô, fala aí!

– Não faço nada. Nada é nada.

– Já sei! Se eu estivesse de terno você falaria comigo, né?

– Por favor. Tive um dia péssimo. Quero ficar calada só olhando a entrada do bosque.

– O bosque é lindo, né? Nasci aqui!

– Que bom.

– Estou assim porque eu pinto carros. Pintura automotiva. Sabe aquelas pistolas? Jato de tintas! Ééé... Por isso estou desse jeito.

– Gosta de carros?

– Táxi.

– Mas você saca um carro legal?

– Não me importa. Não entendo de carro. Não dirijo. Não sei marcas. Peças. Nada.

– Posso me sentar com você? Sabe que tenho um sonho? Sabe que nós ganhamos mais que qualquer advogado que trabalha aqui nessa região?

– Imagino.

– Eu queria encontrar minha princesa!

– Huumm

Quanto mais silêncio ela fazia mais me interessava sua pele branca, seu cabelo liso, sua tristeza. Esqueci do taco e dos caras lá nas mesas. Não queria mais sair de perto dela. Era uma visão e nem sabia o que falar de tanta excitação.

– Você sabe que uma vez um carro passou por mim a caminho da praia? Saca o caminho pra Guaratuba, saindo do ferry boat? Eu estava a pé na travessia e ele passou com um Scort 3, bem antigo, lembra? E aí ele buzinou curtindo com a minha cara.

– O que isso tem a ver? Desculpa, não entendi.

– É que as pessoas dão importância para carros. E óculos Ray Ban? As pessoas curtem!

– Não sei. Não me importo.

– Você quer que mude meu sapato e tome um banho? Moro aqui perto! Vinte metros!

– Olha, você está me julgando e não gosto disso. Não escolho pessoas para conversar dessa forma. Aparência ou bens que possuem, não me importa.

– Não! Não! É que as pessoas são assim. Mas eu fico mais feio assim desse jeito! Estou esculhambado mesmo!

Eu sei! Fala comigo! Por que você está triste? Por que não quer conversar?

– Meu dia foi complicado.

– Então, tenho um sonho: encontrar minha princesa. A mulher da minha vida!

– Aii... Você gosta mesmo de contos de fadas.

– Isso! Isso! Isso! Gosto. E você é minha princesa! Estava esperando você!

– Ah por favor! Quero só olhar a entrada do bosque, tomar minha cerveja e ouvir a música. Sentado aí você atrapalha a minha visão. Me deixa quietinha. Não estou bem.

– Boa essa música, né? Quer que peça para aumentarem o volume? Esse lenço vermelho é lindão, maior charme.

– Fala comigo! Você é minha princesa. Estava te esperando há muito tempo!

– Ei! O sonho é seu. Não meu!

– Fica tranquila! Eu vou colocar um terno para conversar com você! Quer que saia da sua mesa? Eu saio! Você é linda! Era você quem eu estava esperando. É isso. Não posso evitar.

Chegou o pai dos caras, dono do bar e resolve que é hora de acabar com tudo aquilo.

– Chega! Ela está sendo gentil desde o início. Disse que está triste e precisa ficar quieta e sozinha. Você não a deixou em paz e nesse bar todos tem o direito disso. Por favor, saia daí! Respeita a vontade dela.

"... People are strange, when you're a stranger... Faces look ugly when you're alone..."

Vou me lembrar sempre dela, do que falei acho que não, isso tudo foi o que me contaram. Sei que era minha princesa! Tenho direito de continuar esperando por ela. Os caras da sinuca riem de mim até hoje. Dizem que contos de fadas, são contos de fadas, menininhas curtem isso, baboseira de quem não consegue pegar mulher nenhuma.

Reza fervorosa

Eu quero uma licença de dormir,
perdão pra descansar horas a fio,
sem ao menos sonhar
a leve palha de um pequeno sonho.
Quero o que antes da vida
foi o sono profundo das espécies,
a graça de um estado.
Semente.
Muito mais que raízes."
(Exausto – Adélia Prado)

Uma licença de dormir. Não é só como propriedade intelectual, desregramento, anuência, vida dissoluta, ou sequer, como o direito que os poetas têm de alterar as regras de prosódia e da sintaxe, apenas e exclusivamente: permissão para dormir. Horas a fio. De preferência no sofá da sala que não frequento. Não me é concedido. Só licença. Sono pesado e profundo. E sem sonhar nada! É fundamental. Estou tão exausta e apenas um sono desses salvar-me-ia (lindo isso!). Há muito li esse poema, mas já estava exausta. A vida parecida não ter fim. A colheita nunca terminava. Não havia intervalo nas estações, tudo se misturava e virava inverno. Espera. Recolhimento. Pedia e pedia mais e mais licença e ninguém me concedia.

Ainda continua assim. Mesmo aos trinta e oito anos, o sono não chega fácil e só o remédio empurra. Quatro horas inteiras é praticamente o paraíso. Nunca muda e volto ao mesmo exaustivo sonho. Pesadelos. Alucinações em corpos, panos, azul, flores e água. Mar de exaustão. Acordar sem despertador vinte minutos antes da hora certa. Fatigada. A licença precisa ser liberada imediatamente. Suplico e rezo, mesmo não tendo nenhuma religião, para que minha mãe não volte. Estava tudo tão bom assim: ela existe, mas não chega. Está e permanecerá fora. Chegar é o grande problema. Principalmente sem aviso. Medo. É ruim pensar nisso? Não me parece, mas é claro que imediatamente a esse sentimento vem à lembrança da sentenciadora cruel: pecadora! Pecadora! Pecadora! Pecadora! Pecadora! Pecadora! Voz baixa e pausada, repetida por seis vezes. Ainda sinto medo e levo as mãos ao cabelo. Vergonha, raiva e medo. Mas, fragilidade diante da inquisição não resolve. Já havia contado isso antes. "Será mesmo tão difícil assim às pessoas entenderem que não sinto mais a falta de minha mãe? E que isso acontece desde os meus nove anos? Por que as pessoas são tão limitadas? Ela não é minha mãe. É uma mulher que vive o que precisa da forma que entende certa e mais nada. Tem muitas limitações, assim como eu, mas, em seu caso, nem pensa nisso. Ela só vive. Acredita e reza. Tem religião".

Tranco a porta com a chave tetra, mesmo o prédio sendo seguro é o código de final do dia. Não sinto nada de sua falta e não tenho culpa, só medo da chegada dela e desejo de sono que não me é concedido.

Sapato boneca

Não sou louca por sapatos. Não compro sempre. Não gasto horrores num único par. Nunca comprometi meu limite de crédito. Cheque pré-datado? Nem pensar. Realmente não faço o que a maioria das mulheres fazem por um belo par de novos sapatos. Aproveitar uma promoção sempre é meu lema.

Para compensar esse autocontrole todo é praticamente impossível não parar diante de uma vitrine cheia de sapatos vermelhos. Já comprei tênis. Sandálias. Chinelos. Salto alto. Baixo. Só recuso botas, por que aí seria o fim!! E também, não sou uma mulher tão ousada assim. Mesmo usando sapatos vermelhos considero-me uma mulher muito discreta.

Houve apenas um dia de uma enorme coragem em minha vida onde o mundo parecia todo meu. Nunca mais senti aquele prazer e aquela alegria. Sabia que era bonita, fui ousada e tinha apenas seis anos!

Na pequena cidade do interior em que vivi frequentava a pré-escola, ou melhor, como chamava na época, o jardim de infância. Escola de freiras que ficava ao lado da igreja cinza, branca e suntuosa da única praça. Meu uniforme era uma saia xadrez com azul e branco, mas disso não lembro mais. Foi minha mãe quem contou. O que não esqueço mesmo é o dia do meu magnífico desfile pelas ruas da cidade.

Estava no dia sete de setembro e todas as escolas da pequena cidade organizaram um desfile para comemorar a independência do Brasil. E como era uma menina franzina demais, menor que as outras da minha turminha, me deixaram ir à frente do grupo que representava o jardim de infância da minha escola. Usava um sapato estilo boneca de verniz e de um tom vermelho maravilhoso. Belíssimo. Inigualável. Minha mãe comprou o sapato dessa cor porque a minha avó materna havia feito um vestido branco de crochê com um passa fitas fino e nele usaram uma fita vermelha.

Todos me acharam engraçadinha naquele vestido e também, acreditavam que minha felicidade era pelo vestido. Pela obra prima da minha avó. Mas não. Como sempre eles estavam enganados. E assim foi sempre nos mais de quarenta anos de minha vida. Outra história! O importante era aquele único dia e estava louca pelos meus sapatos.

Para mim só eles importavam. Só para ele as outras pessoas olhavam. E assim desfilei. Segura, bela, alegre e forte. Ousada demais para minha idade e tamanho. Segurança infinita!

Nunca mais em minha vida me achei tão linda e especial. Esse dia está guardado lá no fundo da minha mente e quando lembro é como houvesse acontecido no dia anterior. Deveria não só lembrar-me, mas principalmente manter aquela cena viva. O sentimento que aquela menina e o seu sapato maravilhoso carregavam deveria ser parte dessa mulher que olha para o espelho e não consegue encontrar nada de atrativo.

Tornei-me uma mulher forte pelas exigências da vida, mas jamais serei forte e sorridente como aquela menina no seu dia tão especial. Aceitei o que me foi determinado. Não desfilo mais. Não ouso e menos ainda desafio os vestidos da avó. Isso sim é perigoso!

Sensualidade ignorada

– Aaahhh quem vai perceber essa porra! Vou assim mesmo!

Falava com o espelho do corredor e saí do jeito que estava: sem calcinha. Completamente irritada e inquieta. Tinha jogado o note book do alto da minha cama (max power plus – 60cm altura – 1,90 comprimento – 1 m largura – cama viúva, hein??). Meu cabelo estava molhado e resolvi prender num "rabo de cavalo", daqueles bem disforme, nada certinho, vários fios despencando totalmente e nem estava com paciência de prendê-los. Óculos de grau com aros pretos. Vou precisar já que são muitos letreiros luminosos. Troquei o pijama velho pelo vestido florido. Chinelos vermelhos. Não vou usar calcinhas! Preguiça de procurar uma na gaveta e é noite ninguém vai perceber, aliás, ninguém me vai olhar desse jeito. Esculhambada às 22h30min. Será? Não! Definitivamente chega. Muito irritada e sem disposição para preocupações sem sentido. Celular, garrafa com água, chaves e dinheiro dobrado. Noite quente, mas com vento. Tudo que precisava: respirar fora daquele quarto, não quebrar o computador e tomar uma cerveja gelada. Caminhar e sentir o vento. Hoje a liberdade, sempre tão comum em noites assim, ficou mais divertida sem a calcinha. Lembrei-me do meu amigo uma semana antes — "Bee deve ser uma sensação boa para as meninas andar de vestido e sem calcinha" —, falamos muitas bobagens sobre isso. Rimos muito. Ele sempre aproveita o fato de ser gay e casado para me dizer todas as sacanagens e liberdades que nossa intimidade permite. "Sim meu amigo, desse jeito é muito divertido". Como um segredo de colégio. Segui em frente até o posto de conveniência (não gosto desse, mesmo entendendo, às vezes), escancarando minha traquinagem num vestido solto e leve, sem calcinhas e uma cerveja gelada! A raiva já passou. O computador não será estilhaçado na parede. Continuo rindo. Penso na sensualidade e como é percebida de formas tão diversas. Estou sozinha. Liberta e nua! Ninguém percebe. O grupo de homens na calçada precisa de uma mulher com um vestido grudado ao corpo, curto, saltos altos e claro, calcinhas fio dental de renda (eles deveriam usar isso!). São apenas visuais e nada intuitivos. Bobos. A diversão seria melhor se não fossem tão tolos. Mais relaxada achei melhor retornar, afinal o texto do bendito filósofo cartesiano está salvo e meu pescoço com o professor também. O jeito será continuar divagando sua teoria sobre o bem e o mal. Peras e oratórias. Retorno mais leve e decidida a pegar o computador do chão e descobrir se o estrago foi grande demais. Troquei o vestido pelo pijama e continuei sem calcinhas.

Cinderela PP

Preciso de vestidos,
Ainda faltam-me muitos.
Não quero saias
São partes,
Preciso de inteiro.

Somente eles o são.

Não sei as cores.
Sei a espera.
E a crença do próximo dia,
Os amores que seguem

– Olha serviu em alguém aquele vestido!
– Não acredito! Apareceu a Cinderela certa?

Todas olhando a magra no provador. Ficou perfeito. Não precisa de ajuste. O decote sonhado. Florido. Romântico. Rosas. Muitas rosas. Vermelhas. Rosas cor de rosa. Rosas. O mais perfeito dos decotes! Vestido PP. Não serve em muitas. Está parado na loja. Curiosidade. Aprovaram a mulher que usava o tal do vestido lindo e pequeno. Queriam deixar reservado por dois dias. Ela não podia comprar. Não é só dinheiro. É beleza. Ela sabe que não lhe pertence. Não pode comprar e deixar guardado num armário cheio de cores tristes. Não há o encontro certo para usá-lo. Não há a rua certa para mostrá-lo. Sim, ele é PP (lembrou de sua irmã contando de um comercial antigo e politicamente incorreto onde diziam – *felicidade é um vestido PP!*) É lindo. Esperado. Mas ainda não é seu. Ainda. Talvez. Nunca. O momento não chega.

A magra sempre quer vestidos novos, todos bem românticos. Seda. Renda. Transparência. Bolinhas. Rosa antigo. Quer seu perfume francês com essência de baunilha. Quer caminhar tranquila numa linda tarde de sol. Quer a brisa balançando o vestido. Quer tomar champanhe borbulhante e gelado. Quer sorrir para quem passar. Quer seu anel preferido. Quer unhas vermelhas e curtas. Quer creme e pele macia. Quer sonhar que pode. Quer poder sonhar. Quer dançar. Quer sua cintura envolvida por aquele braço conhecido. Dançar. Dançar. Girar e girar. Quer só poder querer.

Sai do provador e lembra que é só mais um vestido. Tantos passaram. Poucos ficaram e não eram lindos. Por feitos. Muitos PP. Nunca o decote certo. É preciso mais do que dinheiro e vontade para esse vestido. Assim como outros passados é preciso merecer. É preciso ser possível. Ser para ela. Seu. Não só vontade. Nem merecimento. Possível. Disponível. Fácil. Adequado. Necessário. Pode parecer só tecido leve com rosas cor de rosa e vermelhas. Não é. Vai lembrar sempre dele e mais ainda do que causaria. Do que sonharia quando ele estivesse em seu corpo. E de quem seguraria sua mão direita.

Infinitas possibilidades

Sua voz em mim
Sua voz na madrugada
Sua voz na mesma cidade
Sua voz na manhã gelada
Sua voz e a música bonita

Infinitas possibilidades
E o silêncio que condena
Castiga e mata

Infinitas possibilidades
E mãos separadas

Quase nativos

Meu crioulo levou-me para sua cozinha. Antes fomos ao cinema. Somos descendentes de europeus querendo viver na metrópole, mas somos de fora dela e como tal nos comportamos: descobrindo e observando juntos. Não poderia haver par melhor que esse. Praticamente éramos nativos daquele momento. Ninguém nos contestava. Aliás, abriam caminho. Acendiam as luzes e era só um cinema num shopping qualquer de qualquer grande cidade.

E a cozinha? Essa sim era nossa. Carrancas de nosso povo. Incenso. Velas. Pedras. Plantas. Tinha azulejo laranja acima da pia e Klimt beijando no corredor. Eu e meu crioulo somos iguais e da mesma tribo. Temos a mesma alma. A essência determinada e deliciosamente imposta. Temos também pão e pasta de amendoim. Vinho tinto e seco. Era dos nobres europeus e não dos nobres da nossa tribo. Conversa boa e demorada. E a voz? Nada como a voz certa. Muitos procuram a alma gêmea. A outra metade da fruta, mas e a voz? Essa não pode ser esquecida. Nada como a voz familiar. Nada como a voz da sua alma encontrando a outra alma. Nada como ouvir algo que já se sabia conhecido. Voz. Ideal. Única. Deve ser como as digitais em nossos dedos das mãos. Voz perfeita a do meu crioulo.

Nascemos fora da metrópole.

Somos forçados a viver nela.

Encontramo-nos.

A voz do meu crioulo na sua cozinha é algo incomparável. É sedutor. Mágico. Delicioso, mas acima de tudo é simples. Fácil. Totalmente esperado. Por isso causa tanta euforia? Sei quem é meu crioulo. Sou dele. Ele é meu.

– Gosta da minha cozinha?

– Sim!

– Quer para você?

– O dono vem junto?

– Não.

– Então não há a mínima graça. Não quero.

Separamo-nos. Meu crioulo me levou para sua cozinha mais do que me levou para sua vida, essa, a vida dele, é paralela. Claro que havia uma sensação de perda, mas acima de tudo a de fracasso. Vivi o luto de qualquer forma. Foram exatos dois anos. Culpei-me. Não havia como ficar naquela cidade. Culpei-me. Não havia como viver da literatura. Culpei-me. Não havia como amar aquele homem.

Culpei-me. Não sabia ser feliz. Culpei-me. Vivi o luto. Dia a dia a dor aumentava. Uma ferida grande e que não cicatrizava. Esgotei o assunto. Repeti. Culpei-me.

Chegou o momento da solidão absoluta do luto. Culpei-me. Ninguém mais olha sua ferida. É preta. Ninguém mais percebe que seu olhar está parado no tempo. Culpei-me. No espelho o reflexo era de outra mulher. Não me reconhecia. Fugi. Culpei-me. Vasculhei todos os guardados. Revi fotos. Repeti momentos. Reli escritos. Nada voltava. Culpei-me. Era definitivo. Precisava esgotar essa dor. Foi necessário. Passei a viver como os alcoólatras em recuperação: um dia de cada vez. Alívio. Distância. Saí e olhei de fora. Não houve culpa. A dor estava lá, mas a ferida não sangrava mais. Entendimento. Aceitação. Não há mais culpa.

O luto desse amor nativo acabou. Meu vestido é leve e florido, mas mesmo assim nunca mais serei a mesma e descubro que eu e meus outros amores envelhecemos: tristemente, fisicamente, emocionalmente. Meu príncipe encantado está ridículo de cabelo cada vez mais amarelo, ombros largos demais, pele seca, rugas inevitáveis, jaqueta preta sempre e seu pau cada vez menor. Ele realmente acredita que ainda vale alguma coisa. Pobre infeliz que não consegue perceber e aceitar sua patética figura. Meu grande amor da vida inteira está deprimido. Nem sua paixão pelos cavalos o salva. Só os remédios para dormir. Desistiu da maconha. Do jeep amarelo e da moto azul.

Não encontra uma companheira, sofre com essa solidão absoluta. Em muitos dias ir até o portão da casa, que lutou tanto para construir, é um exercício doloroso e apavorante, sempre volta dali.

Meu rosto é exatamente o que tinha. Meu corpo está esquisito. Pareço normal e sem grandes defeitos, mas estou cansada e cheia de rugas. Envelhecemos absurdamente! Isto é muito deprimente. Cada angústia, medo e vergonha. A vontade é de ficar escondida, trancada em casa, com muita cervejas, música velha e uma boa poesia de Hilda para encarar a derrocada da velhice que chega sem piedade, menos ainda com nenhum senso de humor. Insuportável e definitiva a decadência. Tento olhar os homens que passaram e vejo fracasso. Também em mim. Gente que não sabe amar e salvar-se. Triste fim! E nem é de Policarpo.

De belas, feras e falência

Suas Belas me fazem ser possível. Gosto quando penso e sinto assim. Sim, elas são lindas. Dessas belezas que precisam mesmo ser mostradas. Uma é elegante, discreta e amorosa com todos os bichos e muito, muito linda. Seus olhos azuis são capazes de fulminar qualquer mulher insignificante como eu. Ok. Insignificante é muito forte e autodestrutivo, mas diria que qualquer mulher normal como eu. O que mais pesa, além da beleza fácil, é a poesia que te inspirou tanto e o texto que escreveu por ela como se pudesse sentir o que estava lá no fundo daquele sofrimento. Mimi. Doce, embora, nesse caso ele havia dito que o nome não era doce como a pessoa, mas sua família desmente isso. Até sua irmã gosta dela! Acho que eu também. Parece-me segura. Fácil de amar. Perfeita com aquele sorriso largo. Queria tanto saber o que realmente aconteceu. Embora imaginar que você não conseguiu dar conta de tudo isso é tentador. E possível.

A outra Bela é um avatar triste. Não há como gostar. Só sua mãe. Por que simplesmente sua mãe faz qualquer coisa para que seja aceito, entenda-se como normal e inserido. E claro, todos os homens que gostam de uma bela mulher selvagem, uma leoa que assim, com suas quatro patas ao chão prefere suas fotografias e muitos lingeries. Todos eles adoram. Seu melhor amigo, o fotógrafo, seu irmão e até seus sobrinhos. Mas, percebo que a leoa anda fraca. Mais vulgar. Mais artificial. A linda das lindas. A beleza impossível de imaginar até em sonho está sofrendo. Insegura. Sua irmã não gosta dela. Eu também não. Mesmo entendo a leonina insegura e triste que acredita que todos a amam e que realmente é através da sua beleza que você continuará retornando ao casamento acordado pelas incertezas de ambos.

O que me faz ser uma mulher possível nisso tudo? Não sou perfeita. Sou eu. Entendo você do jeito que é. Sei suas fraquezas. Seus poemas e até seus medos. Sei que sua alma é negra, mesmo querendo ser um nórdico. Não há como fugir meu amor. Somos essas almas. Reconheço-te. Já nos vimos inteiros. Sei seus mais profundos segredos. Coisas que elas, as lindas e Belas, nunca saberão. Talvez a que viveu tantos anos com você possa ter alguma noção de quem é. Será que conseguiu? Gatos? Agora entendo sua frase estúpida – “sou sozinho, gosto da minha companhia e pretendo continuar sozinho" - Fica repetindo que essa é a melhor da melhor solução. Não é. Nunca foi.

Há muita poesia para ficar longe do amor romântico. Queria apenas que me reconhecesse como um deles, mas um poeta desse seu tipo quer uma musa, além da mulher, não pode e não deve ser possível. Apenas bela aos olhos. Inspirador. Se não fosse desconcertante seria eu: sei disso. Existo. Penso. Sei te entender mais. Por isso não escreve nada para mim. Folhas em branco são o que tenho. E são minhas.

Certa Bela me deu uma rosa vermelha. De plástico e com chocolate. Foi engraçado. Esperava um colar com pedras de Dubai, mas foi a rosa de plástico. Ela é bela como deve ser uma Bela. Não conheço sua fera, mas na verdade, acredito que tenha um príncipe e não uma fera. Entendo o porquê é Bela. E mais ainda, por que os homens mais velhos a querem. É delicada. Não questiona absolutamente nada. Aceita "punham". Assim mesmo. Errado. Acha esquisito, mas aceita. Ela é linda e perfeita no que foi determinado. Na foto sempre maquiada e com vestidos lindos. Desta ou dessa? Esta ou essa? Em casa, na hora da aula, de pijama e cabelos soltos é mais bela ainda. Acredito que deveriam amá-la assim. Quando acorda desse jeito, mas ela é um troféu e precisa ser exposta. Pobre desta bela. Tão simples, carinhosa e dedicada. Mas é a Bela de alguém e precisa ser mostrada.

Ela me acha demais! Como posso pensar tanto, saber tantas coisas e ser tão inteligente? Sou a professora. A que se despende do mundo. Ainda mais do fashion. Leio. Escuto. Acho graça. Tenho vergonha diz a Bela e fica vermelha. Isso eles devem amar! Tenho carinho. Ela sente falta do saber. Quer lembrar. Falar direito, ou melhor, escrever direito, já que a forma de falar pouco importa no mundo onde transita. A forma da falar nos nossos diversos mundos, não importa. O que falar sim. Linda essa Bela. Doce e gentil. Vai ler, me disse. O que importa é o gesto da rosa. É vermelha. É minha. E quem me deu foi uma Bela. Concedeu-me o direito da rosa. Mesmo sendo de plástico. É só minha. Dada por ela: A BELA. Quem poderia imaginar? Acredito que minha Fera entenderia, mas não faria o mesmo. Olhar-me-ia (bonito isso!) e em seus olhos o reflexo seria como sempre o meu rosto. Mais nada.

Tenho minha rosa, dada por uma Bela, é um certificado de garantia. Aposta ganha. Linda e gentil essa bela. Agora descubro um pedaço do significado e da salvação. Foi meu pedaço do conto de fadas. Todos gostam dela. Eu também. Termino a aula e caminho pela imensa avenida do bairro chic e volto para a minha Fera e sua segunda Bela. É mesmo um conto dos irmãos Grimm, um filme adocicado de Hollywood. Ela é linda. Perfeita. E ele, a Fera, está completamente apaixonado por tanta coragem e beleza. Sem rosas. Aliás, ela é quem parece um leão!! Ele tornou-se um bichinho assustado e dependente dessa força maior que domina tudo a sua volta.

Sempre a aparição da bela e corajosa por séculos e séculos. E vai continuar assim. O único engano nesses séculos todos é acreditarem que são as mulheres que buscam príncipes encantados. Quem espera e sempre esperou pela princesa encantada são os homens! Tudo bem que a princesa contemporânea precisa ter mais coragem do que o príncipe, mas continua sendo necessário que sejam lindas e perfeitas diante do que eles estipularam como ideal para suas vidas. Já vi executivos bem sucedidos, profissionais liberais e escritores confusos fazendo um "checklist" das suas mulheres ideais. Um deles tinha anotado em sua agenda: cabelo liso, jovem, gerente executiva e inglês fluente. O bom é que ele conseguiu! É feliz? Deve ser. Por que não poso acreditar que uma pessoa que estipula metas e mais metas de perfeição em sua vida profissional, social e emocional não fique satisfeita e feliz ao atingi-las. Espero que sim! Juro que não quero saber que ele pirou e está numa clínica psiquiátrica.

Estou longe de ser a Bela de minha Fera. E não por que não sou bonita, mas e principalmente por que não tenho coragem para viver com um homem que precisa tornar sua vida segura e factível. Mostrando a ele mesmo e não só aos amigos e família que conquistou tudo que era possível e que sua capacidade e autoconfiança não podem ser questionadas. Gostaria de ser ela, mas não consigo. Ainda preciso que um homem seja tão forte quanto sou. Frágil quando necessário e sem sentir medo disso. Preciso que possamos caminhar juntos. Não consigo ser suporte emocional de alguém que sei transita pelas suas vidas paralelas (emoções, atitudes e pessoas diversas) e cheira cocaína todos os dias, mas claro, tudo controlado.

Só resta-me ficar aqui sofrendo sim e também, surpresa com a imagem da perfeição, beleza e do AMO-TE mais que tudo em minha vida. Olhos castanhos, tatuagens no pulso e foto com o mesmo atravessado na testa numa pose de biquinho sensual e cafonice explícita pra caralho! Assustador certo contos de fadas. Vou voltar a ler o gibi da Magali! Até porque, rindo naquele momento, lembro imediatamente daquela amiga solitária, revoltada sempre e sua épica frase:

– Quando entramos em carência múltipla dos órgãos a coisa fica feia!

Ela realmente tem razão. Nunca havia pensado dessa forma. Não pode ser falência dos órgãos, nesses casos. Rimos muito, mas é uma grande verdade. Nesse ponto de carência múltipla de todos os órgãos (ideia besta essa de que só o coração sofre por amor!), tudo pode ficar pior. Com certeza é mais do que necessário evitar algumas combinações catastróficas: música velha e vinho tinto; festa em casa da amiga que acabou de casar e cervejas; balada regada a caipirinhas e gente esquisita, beijos ruins e celulares; filme água com açúcar e facebook. São desastres anunciados e serão seguidas por ligações não aceitas, mensagens de voz chorando, ou falando asneiras, escritas com graves erros ortográficos. Ruínas gramaticais expostas (fim de qualquer dignidade possível!). Cobranças desnecessárias e sofrimentos triplicados. Tudo ficando pior, pior e pior. Lembramos até do nosso primeiro amor, aquele lá da escolinha, imagina então do último!

Fica fácil chegar a casa às 2h da manhã ligar o computador e escrever todas as fragilidades à minha Fera. E ainda não sendo Bela, contar todas as tristezas que a sua ausência provoca. Claro que não ouvirei sua voz e menos ainda haverá uma resposta amorosa que pudesse salvar esse quadro clínico gravíssimo. Ao contrário: a indiferença é a esperada. O silêncio permanente. E a única solução é esperar o estado etílico passar. Tomar um remédio para a dor de cabeça, recuperar a dignidade e entender que esse perigo é vivido absolutamente todos os dias por milhares de pessoas, homens e mulheres, jovens e velhos, todos os seres humanos: aos sujeitos a conseguir um bom tratamento e reverter esse quadro clínico melancólico e aos doidos e condenados à marginalidade da dor de cotovelo ou, quem sabe, um novo amor.

Radiografia

Ela sempre ouvira as pessoas falarem – se a cabeça não pensa o corpo padece – mas quando pensamos muito ele também padece! O corpo padece sempre. E assim foi naquele encontro improvável para sua cabeça e mais ainda para seu corpo entenderem.

Na noite anterior, no quarto do hotel, seu corpo sofreu o primeiro ultraje: o do quase autoflagelo. Sentiu-se feia, velha e indesejável. Nua diante do espelho não acreditava que ele poderia tocar seu corpo. Desejar seu corpo. Resolveu escolher roupas que lhe cobrissem e pudessem disfarçar sua insegurança e dor. Vestiu quase tudo que havia em suas malas de viagem. Depois de algum tempo preferiu escolher a cor preta que ele disse ser a que mais gostava nela. Mesmo sem saber se aquilo poderia ser mesmo uma verdade. Aceitou. Tentou dormir. Impossível. Não conseguia parar de pensar. Sua cabeça estava a mil km/h. Seu corpo padecia. Náuseas, enjoos, estômago doendo, garganta queimando. A boca em um momento estava seca em outra cheia de um liquido difícil de engolir. Levantou-se diversas vezes naquela noite. Ia e voltava da cama como um zumbi. Arrastava seu corpo e sentia-se fraca para carregá-lo. Antes do despertar do hotel já estava acordada. Nem era necessário esse pedido. Sabia disso. O medo de perder o horário a consumia. Estava frio. Teve que trocar sua roupa. Não olhou para seu corpo. Agora já era tarde para mudá-lo. Assim teria que ir. E ainda sentia-se enjoada.

Ansiedade dói muito! Espalha-se como uma contração forte por todo o corpo. Tomou um táxi e foi para a tal praça. O trânsito estava péssimo e o motorista não parava de falar. Ela tentava o responder como se realmente estivesse naquele carro. Não estava. Na praça tumulto de pessoas e tonturas. Dois telefones quebrados. Duas moedas perdidas e finalmente a voz dele. Seu corpo tremia e sua cabeça não pensava mais em nada. Apenas tinha a missão de tornar aquilo o mais racional possível. Sempre fugiu de homens como ele. Sempre. Outro homem deveria estar ali. E naquele momento quando aquele tão improvável estava tão próximo o único que desejava era ficar abraçada ao corpo dele e que toda a praça com seus turistas sumissem para sempre. Mas o abraço foi rápido. E para controlar seus braços se ocupou com sua sacola e sua echarpe vermelha.

Não podia olhá-lo. Não conseguia respirar. Seu peito doía. Melhor disfarçar e continuar sua missão. Apenas passear e acabar logo com aquilo. Era sofrimento desnecessário ao seu pobre corpo e a sua mente de mulher controlada e fiel aos seus sentimentos. Que havia viajado tranquila e decidida a enlouquecer somente com a literatura portuguesa.

Caminhavam. Falavam. Não se olhavam. Constrangedor. Saramago amenizou o trajeto com Baltazar, Blimunda e a Casa dos Bicos. Os miradouros não. Seu corpo não tinha mais forças para continuar. Padecia. Parou de falar. Respirar. E sua cabeça só conseguia pensar em como deveria controlar também suas mãos. As náuseas voltaram. O frio. Constrangido demais no último miradouro ele não queria estar na foto com ela. Não teve como recusar. Ela pensou que o melhor era que fossem embora. "Preciso que me leve a algum lugar para me beijar!" Falou rápido para não desistir. Não suportava mais ficar sem respirar. Sabia que não era sensato. Mas a sua alma não queria mais saber, como na música, seu corpo estava cansado de padecer. Mas estava longe de conseguir parar. Carro. Ruas estreitas. Mãos. Beijos. Calor. Vontades. Não havia lugar. Não havia tempo. Somente angústia. Mais uma vez acreditou nele. Aceitou. Ele também parecia mesmo sofrer. Culpa. Raiva. Arrependimento. Pediu a ele que voltasse. Ela iria de táxi. Disse não ser bom em tomar decisões. Não era mesmo.

No corredor do hotel até o seu quarto ela não entendia o silêncio dele. Não a queria? Poderia ser possível estar mentindo tudo até ali? Era um craque em fazer aquilo? Não havia reticências só indagações. Mesmo envergonhada e triste. Aceitou. Na cama a dor foi nova. Ou melhor, o padecimento foi extremamente diferente. Não falou. Agora o silêncio dela o incomodava. Mas não havia palavras para descrever o turbilhão de sentimentos em seu corpo. Buscava em cada gesto do corpo dele descobrir o que sentia. Não soube. O que falava ela não ouvia. Aceitou. Mais tarde. Já em outro país, conseguiu encontrar uma forma de explicar a ela mesmo que seu padecimento naquele exato momento da cama foi compreender a abelha rainha. Apenas ela não queria engolir o seu macho reprodutor e sim que ele a engolisse e a deixasse como na música - "se você fizer uma radiografia da sua vida, verá com certeza e com certo espanto que eu apareço, estou gravado e cravado... eu apareço na sua espinha dorsal... o que interessa é que estou escrito no seu corpo...". Naquele momento seu corpo sentia uma necessidade enorme de estar dentro dele. Ficar quieta e protegida na sua espinha dorsal. Não se sentia mais fraca ou enjoada. O padecimento saiu do corpo. Parou. Acabou. Em um breve momento de lucidez lembrou-se da poesia que havia lido há tantos anos e com aquele gesto dele pode compreender finalmente. "Que tu deites indecentemente sobre mim, já que tem no corpo o peso exato da pressão que necessita o meu..." Lhe parecia leve e exata naquele instante. Não sabia se havia padecido o corpo dele, mas percebeu que no banho ele parecia que rer retirar todos os vestígios dela que ali poderiam restar. Aceitou.

Ela não quis tomar banho a tarde toda. Preferiu continuar impregnada com todas as misturas dele e dela por mais tempo. Caminhando pela rua e já podendo respirar. Sentindo o vento e o sol. Ouvindo os barulhos daquela cidade que a encantava. Somente a noite conseguiu ir ao chuveiro e liberta-se. Dormiu. Foi embora. Seu corpo já havia padecido muito e de formas diferentes. O daquele dia vai ficar na sua memória, talvez até em sua radiografia. Já não aceita. Quer apenas os outros sentimentos que estavam lado a lado a esse padecimento do seu corpo. São mais fortes e melhores. Ele não saberia.

Arcanjo

Era hora do Ângelus.
Soube depois.
E não era o da anunciação.
Dose de uísque primeiro,
Colinas depois.
Era apenas mais um arcanjo.
Mensageiro sem Uriel.
Além de Ângelo é também Miguel,
Guerreiro,
Aquele que mantem o clima de harmonia,
Protege a ambos.
Não julga.
Pai de Filha.
Segura minha mão.
A voz é tranquila.
Conforta:
"Ele já volta pra você"
Vi a luz desse anjo refletida naquele outro perdido
Voltei ao corpo.
Curei o medo na camisa branca do anjo cruel.

Salve Ângelo! Salve Miguel!

Impresso em papel pólen 80g/m²,
tipologia Charter 11 / 17, no outono de 2019.